El lindo don Diego

Letras Hispánicas

Agustín Moreto

El lindo don Diego

Edición de Frank P. Casa
y Berislav Primorac

OCTAVA EDICIÓN

CATEDRA

LETRAS HISPANICAS

1.ª edición, 1977
8.ª edición, 2008

Cubierta: Mauro Cáceres

Juan Ignacio Luca de Tena, 15. 28027 Madrid
Depósito legal: M. 11.593-2008
ISBN: 978-84-376-0105-2
Printed in Spain
Impreso en Anzos, S. L.
Fuenlabrada (Madrid)

Índice

BISCAYA
GOLFO DE NUEVA ESPAÑA
YUCATAN

Introducción

Brevísima biografía de Moreto

Desgraciadamente para nosotros y a pesar de los esfuerzos de muchos investigadores, no tenemos suficiente información para documentar mejor la vida de Agustín Moreto. Falta la riqueza de detalles que poseemos sobre Lope de Vega y que nos permite trazar tan acertadamente el desarrollo artístico y personal del gran dramaturgo. Lo que queda o lo que se ha descubierto es muy poco.

En el siglo XIX y aún antes solían llenar este vacío con un sinfín de cuentos, anécdotas y exageraciones que convertían a Moreto en un individuo no muy diferente del de su creación literaria, el lindo don Diego. Si queremos ser precisos en nuestra presentación, podemos decir muy poco de nuestro autor. En verdad, lo más que se podría hacer por el momento es establecer algunas etapas de su existencia con el convencimiento de que estos datos no nos dejan entrever nada de la realidad interior de Moreto.

Sin recurrir a la reconstrucción literaria, no podemos dar más que una serie de informes. Primero, el nacimiento de Moreto, 9 de abril de 1618, hijo de comerciantes italianos en Madrid. Pasamos después al año 1634 cuando el joven Moreto se matricula en la Universidad de Alcalá de Henares, donde recibe la licenciatura en 1639. Tres años más tarde es clérigo de órdenes menores con un beneficio de la iglesia parroquial de Mondéjar (Toledo). Catorce años transcurren antes de que se sepa algo de él: en 1656 Moreto reside en Sevilla donde escribe unas loas para el Corpus.

En la última etapa de su vida, Moreto se establece en Toledo bajo la protección de don Baltasar de Moscoso y Sandoval, arzobispo de Toledo. El 28 de octubre de 1669 Moreto muere. En su testamento pide que le entierren en el Pradillo del Carmen, el cementerio de los pobres con quien había pasado sus últimos años. Ésta quizá sea la única información a nuestra disposición que nos permite entrever la humanidad y humildad de este hombre cuyo fuerte sentido común y de mesura domina sus obras literarias. El deseo de Moreto nunca se realizó y sus restos fueron depositados en la capilla de la Escuela de Cristo, en la parroquia de San Juan.

La escasez de información sobre el autor implica, naturalmente, dos cosas: que Moreto vivió una vida sencilla y tranquila, y que desempeñó pocos cargos de importancia en su carrera eclesiástica. Al menos cargos que no requerían nombramientos oficiales cuya existencia figuraría ahora en documentos [1].

La fuente de «El lindo don Diego»

Aunque, como veremos más adelante, la obra se base en temas y corrientes fundamentales en la historia literaria del mundo occidental, es posible encontrar una fuente directa e inmediata de la gran obra de Moreto. La comedia a la cual aludimos es *El Narciso en su opinión,* de Guillén de Castro. Los puntos de contacto entre las dos piezas son muchos y remitimos al lector al análisis

[1] Para un tratamiento más extenso de los datos biográficos de Moreto, ver Ruth Lee Kennedy, *The Art of Moreto,* Philadelphia, 1932, Cap. I; James A. Castañeda, *Agustín Moreto,* Nueva York, Twayne, 1974, Cap. I. Para un análisis de la obra de Moreto y su relación con su momento histórico, ver Ermanno Caldera, *Il teatro di Moreto,* Pisa, 1960.

detallado de éstos que se encuentra en otro trabajo nuestro [2].

Por el momento no queremos más que establecer que el tipo de lindo que más tarde veremos en Moreto fue ya desarrollado por el autor de *Las Mocedades del Cid.* Guillén de Castro, sin embargo, que no tenía el talento cómico de Moreto, fue incapaz de crear la unidad artística necesaria para hacer del tema una comedia perfecta. Le falta a *El Narciso en su opinión* coherencia dramática: hay demasiados personajes que requieren nuestra atención, múltiples elementos, caracterización incierta, largos discursos y parlamentos que oscurecen la intención de la obra. En suma, Castro no ha sabido aprovechar el tema plenamente porque no supo controlar severamente el equilibrio entre personajes, acción y diálogo. Sin embargo, la obra de Castro no carece de méritos aunque no tenga la perfección que caracteriza la comedia de Moreto. Es, además, importante darse cuenta de la considerable deuda literaria de Moreto para con su predecesor, porque el hecho establece no sólo una característica de la técnica dramática del autor, sino también su plena participación en la tradición literaria.

Algunas características de la comedia

El lindo don Diego pertenece a un género dramático cuyo tema principal es la presentación de una percepción singular del mundo en inevitable conflicto con la sociedad.

Como las creaciones literarias de Molière, el personaje se encuentra en una serie de circunstancias sobre las cuales ha dejado de tener control precisamente porque no llega a entender las leyes que rigen el trato social. Ramón Fernández, en un famoso artículo sobre el arte de Molière [3], habla de la incapacidad del personaje cómico

[2] Frank P. Casa, *The Dramatic Craftsmanship of Moreto,* Cambridge, Mass., 1966, Cap. V. Véase también Luciano García Lorenzo, *El teatro de Guillén de Castro,* Barcelona, 1976.

[3] «Molière» en *Tableau de la littérature française: XVIIe-XVIII siècles,* París, 1939.

para entender lo que él denomina «les conditions de la vie». Eso quiere decir que su imposibilidad para darse cuenta de la existencia de elementos básicos de la condición humana produce automáticamente la separación entre el individuo y la sociedad, y establece una barrera insuperable para la comprensión de la realidad.

El personaje cómico en estas obras manifiesta dos características principales, una consecuencia de la otra: 1) una tendencia obsesiva que le impide la consideración de otras realidades; 2) una incapacidad absoluta de verse como le ven los otros, de entender lo cómico de su comportamiento [4]. Estos elementos encajan perfectamente con la visión social del mundo en la comedia clásica, porque ésta tiene como fundamento principal una concepción unitaria de la vida [5]. Queremos decir con esto que en el mundo social que se desprende de la Comedia el individuo tiene la responsabilidad de adaptarse al ritmo del grupo, y no se le tolera fácilmente una actitud individual ante la condición de la vida, como diría Fernández.

La concepción premoderna de la vida mantiene con pocas excepciones la inflexibilidad de las estructuras sociales y del papel del individuo dentro de ellas. No es necesario recordar al lector el concepto de la gran cadena de Júpiter, ni la relación entre microcosmo y macrocosmo [6], ni los lazos que median entre la desobediencia polí-

---

[4] «Il suffira, pour s'en convaincre, de remarquer qu'un personnage comique est généralement comique dans l'exacte mesure où il s'ignore lui-même. Le comique est *inconscient*», Henri Bergson, *Le Rire, essai sur la signification du comique* en *Oeuvres,* ed. André Robinet, 2.ª ed., París, 1963, pág. 394. Don Diego ha sido visto, a veces, como figurón, un personaje exagerado y burlesco. Tal afirmación ha sido rechazada por Edwin Place, quien insiste en la naturaleza esencialmente cómica de don Diego. Ver su estudio, «Notes on the Grotesque: the *comedia de figurón* at Home and Abroad», *Publications of the Modern Language Association,* 54 (1939), págs. 412-421.

[5] Hay muchos trabajos que elaboran este concepto, quizás el mejor sea todavía el ensayo de Arnold Reichenberger, «The Uniqueness of the Comedia», *Hispanic Review,* 27 (1959), páginas 303-316.

[6] Francisco Rico, *El pequeño mundo del hombre,* Madrid, 1970, trata el tema en la literatura clásica española.

tica y la rebelión contra el orden divino para establecer firmemente la preeminencia de la sociedad sobre el individuo. Para entender esta diferencia fundamental entre la concepción clásica de la vida y la moderna basta recordar el conocidísimo caso de don Quijote. La actitud perspectivista, individual del héroe de Cervantes [7] es sencillamente cómica para sus contemporáneos, pero, al empezar con la época romántica la sensibilidad moderna, se convierte en la sublime afirmación de una verdad interior.

El individuo y la sociedad, lo personal y lo colectivo, el aislamiento o la fusión, estas grandes dualidades inevitables de la condición humana forman un sempiterno tema de la literatura. Dicho tema puede presentarse en formas distintas y con fines diferentes, a veces trágicos, a veces cómicos. Sus transformaciones parecen infinitas: Aquiles, don Quijote, don Juan, todos nos hablan de esta gran decisión que cada individuo tiene que tomar ante la vida.

La comedia clásica también sigue este patrón sin recalcar los elementos serios de la acción. Un hombre como don Diego no es esencialmente distinto de un personaje trágico. Ambos viven apasionadamente una realidad que no permite la consideración de otras realidades. Los dos se diferencian tan sólo por la importancia de sus obsesiones y es precisamente la distancia entre el idealismo del uno y el egoísmo del otro lo que nos hace ver al primero como ente trágico y al segundo como ente cómico. La manía de don Diego es cómica porque no se dirige a más fin que una mezquina vanidad; la obsesión de una figura trágica, por otra parte, se dirige hacia la sublimación de un ideal. Toda la incomprensión, todos los problemas que provoca el aislamiento de la figura trágica tienen relieve porque los lectores se dan cuenta de la importancia de estas preocupaciones. Todas las reflexiones y reacciones de don Diego son cómicas porque nin-

---

[7] El trabajo básico sobre perspectivismo en el *Quijote* se encuentra en la obra de Leo Spitzer, «Perspectivismo lingüístico en el Quijote», en *Lingüística e historia literaria,* Madrid, 1955.

guna de ellas se atiene ni a la realidad tal como la conocemos, ni a una realidad ideal a la cual todos aspiramos. El conflicto del protagonista trágico reside en la imposibilidad de escoger entre dos verdades que se excluyen mutuamente, mientras que al personaje cómico le falta la conciencia del dilema que vive y, por eso, rechaza a menudo la realidad por una perversión de ésta. A pesar de estas enormes diferencias cualitativas, la estructura de una comedia, como nos han dicho otros muchos escritores, puede prestarse fácilmente al desarrollo de un tema trágico.

Insistimos en estas semejanzas estructurales y conceptuales porque es necesario aceptar el hecho de que la comedia clásica lleva en sí propósitos serios. No hay que confundirla con comedietas que no proporcionan al espectador nada más que una serie de complicaciones de tramas y juegos de palabras cuyo sentido no tiene otro fin que el éxito del chiste circunstancial. La comedia clásica trata, a la vez, de deleitar y enseñar, según el conocidísimo concepto clásico del arte. Hay que ver en ella además de entretenimiento una visión de la sociedad, y en consecuencia una visión de la vida. No queremos, sin embargo, insistir demasiado en esto y transformar la comedia en una pieza totalmente programática. Es mejor entenderla como una obra en la cual una concepción preestablecida de la vida se utiliza para ofrecer un contraste con los elementos cómicos de la pieza.

Aspectos arquetípicos de la comedia

El lindo don Diego nos presenta una variante de la situación tradicional de las viejas comedias romanas. En éstas, un joven enamorado de una muchacha encuentra resistencia y obstáculos, originados por la oposición del padre de ella u otro personaje, un tío, ayo o guardián. La comedia de Moreto, en la exposición de la pieza, nos proporciona exactamente este esquema: Juan enamorado de Inés se entera de los proyectos de don Tello de casar a su hija con su sobrino. El resto de la obra trata de las peripecias que la pareja enamorada tiene que afrontar camino de su felicidad. Los jóvenes protagonistas, normalmente, presentan poco interés: enamorados, sensibles, convencionales, no pueden dar a la acción suficiente densidad para atraer y retener la atención del público. Por esta razón el autor enfoca la obra en el individuo que impide el movimiento de los jóvenes hacia la realización de sus sueños. Éste, por responder a los impulsos de su manía, produce más fácilmente los trastornos necesarios de la acción y permite una comparación socialmente útil entre su comportamiento obsesivo y la actuación normal del protagonista. Los obstáculos que se interponen entre el protagonista y sus deseos constituyen la acción de la obra, y la superación de ellos el desenlace de la comedia.

Como se ve, *El lindo don Diego* coincide perfectamente con la descripción de la comedia que nos sugiere Northrop Frye en su brillante análisis de las modalidades literarias [8]. Hasta el empleo del nombre del antihéroe en el título de la obra imita el patrón tan repetido de la comedia clásica que se ve también en *Le Misanthrope, L'Avare* y *Le Tartuffe,* de Molière.

A menudo las fuerzas que se alínean en oposición al justo deseo de los jóvenes enamorados representan una posición obstinada y lógicamente poco defendible. Si siguiéramos con más fidelidad las normas establecidas por Frye, concluiríamos que la debilidad de la posición de las fuerzas contrarias se debe a que la comedia, el género por excelencia de la afirmación de los derechos de la sociedad, tiene como fin el restablecimiento de la armonía social [9]. Por consiguiente, la problemática del tema cómico no puede presentarnos asuntos que insinúen en el espectador dudas y contradicciones. De todos modos, el conflicto cómico tiene que prestarse a una solución que no incluya la expulsión violenta del elemento con-

---

8 *Anatomy of Criticism,* Nueva York, 1967.

9 Frye, pág. 171, «Thus we have a stable and harmonious order disrupted by folly, obsession, forgetfulness, 'pride and prejudice', or events not understood by the characters themselves, and then restored».

flictivo, sino la integración de éste. Esta limitación conceptual de la comedia hace, a veces, que el conflicto se base en algún capricho del personaje o en una posición tomada por ignorancia o terquedad. No puede, naturalmente, basarse en principios que rijan el modo de ser de un individuo sin entrar inconscientemente en los límites de la tragedia.

Francis Cornford en su estudio clásico sobre los orígenes de la comedia griega [10], hace hincapié en una frase de la *Poética* de Aristóteles (1449 a-14) que afirma que la tragedia funciona sobre la base del desarrollo inevitable de un germen que reside en el personaje trágico. Este concepto es fundamental en la distinción entre tragedia y comedia porque implica que la tragedia no admite modificaciones que no surjan de la raíz misma de la acción. Esta inflexibilidad es precisamente lo que le falta a la comedia, porque el *locus* de la comedia reside no en la conciencia del protagonista, sino en la voluntad de la sociedad.

En ambos casos tenemos un individuo totalmente controlado por su pasión y en conflicto con la sociedad o con otro aspecto de su personalidad que representa el elemento social. Pero mientras que la tragedia admite el propósito serio del ente trágico, la comedia, por definición y de antemano, rechaza toda pretensión del personaje cómico y exige la adhesión de éste a los valores de la sociedad.

Las necesidades técnicas o conceptuales de la comedia no excluyen, sin embargo, que el dramaturgo encuentre maneras más finas de desarrollar la complicación de la trama. En *El desdén con el desdén,* Moreto se atrevió a escribir una comedia en que el delicado equilibrio entre lo serio y lo cómico hace de ella una de las obras más logradas del repertorio clásico [11].

---

[10] *The Origin of Attic Comedy,* ed. Theodore Gaster, Nueva York, 1961.

[11] Ver Bruce Wardropper, «*El desdén con el desdén:* The 'Comedia' Secularized», *Bulletin of Hispanic Studies,* 34 (1957), páginas 1-9; Frank P. Casa, «Diana's Challenge in *El desdén con el desdén*», *Romanistisches Jahrbuch,* 23 (1972), págs. 307-318.

Sin embargo, para que la obra tenga consistencia lógica, el conflicto tiene que presentarse, al menos, al principio, como una seria dificultad. Por esta razón, el primer grupo de escenas de *El lindo don Diego* tiene el propósito de sugerir la posibilidad de una grave confrontación entre hijas y padre, entre la autoridad paterna y los deseos filiales, creándose así para el espectador un clima que le hace esperar futuros y serios conflictos.

La experiencia dramática se basa en la recepción de información por parte del público, que origina la toma de una cierta actitud respecto a los incidentes dramatizados, seguida de otra información que, a menudo, contradice o modifica esta reacción. El resultado entonces es un cambio en la reacción que obliga al espectador a analizar los datos y a responder según los nuevos informes. El drama exige del espectador una continua reevaluación de emociones y posturas y, en consecuencia, una constante participación. El drama que permite una cómoda y tranquila aceptación de los hechos es una obra que fracasa en su intento primario.

Se había sugerido, siguiendo las ideas de Frye, que la comedia tolera difícilmente una actitud severa para con los individuos conflictivos. Como la comedia apunta hacia una integración de todos los elementos de la sociedad, no puede rechazar o castigar a los creadores de dificultades (Frye los denomina «blocking characters»), sin causar cierta medida de desasosiego que raya peligrosamente en lo trágico.

La filiación literaria de don Diego

Don Diego pertenece al grupo de personajes dramáticos que caben fácilmente dentro de la clasificación de «fanfarrones». La figura del fanfarrón entra plenamente en la literatura occidental con la famosa obra de Plauto, *Miles gloriosus,* y goza de una larga progenie en todas las literaturas europeas. La literatura española tiene manifestaciones muy conocidas, como Centurio en *La Celestina,* los soldados de *La comedia soldadesca* de Bartolomé de Torres Naharro y muchos graciosos de la comedia [12].

No es necesario aquí trazar el desarrollo histórico de este personaje, pero es importante establecer que si el *Miles gloriosus* de Plauto marca la más lograda integración de los elementos que definen al fanfarrón, el tipo ya existía y se conoce dentro de la dramaturgia griega con el nombre de *alazón.* El término normalmente se aplica a todo personaje que engaña o se engaña y se convierte en objeto ridículo precisamente porque los que le rodean advierten que su pretensión es falsa. Cuando la pretensión corresponde a la naturaleza misma del personaje, el *alazón* se convierte a menudo en personaje trágico.

Las características del fanfarrón son la vanidad de su hermosura y virilidad, la lujuria que le impele a perseguir mujeres que finalmente se burlan de él, y una jactancia continua e insoportable. Al final de la pieza, todas estas pretensiones desaparecen y el fanfarrón se revela en toda su cobardía y mentira. Es muy evidente que las acciones de don Diego caben fácilmente dentro de este concepto. No hay que leer más que los versos 1775-1790 del segundo acto y parte del acto tercero para encontrar ejemplos claros («Los chinos son enanos para mí»). Sin embargo, Moreto, más fino en su caracterización, se limita a pocas referencias de este estilo y prefiere una delineación del personaje basada no en su pretensión de valiente, sino en algo de menor valor, la hermosura del hombre.

Las complicaciones causadas por el *alazón* o personaje cómico, provocan dos reacciones distintas, una dentro de la acción, otra en los espectadores. Dentro de la fábula, el fanfarrón es tomado en serio por aquellos a quienes afecta, para que se puedan crear las dificultades necesarias para dar movimiento a la acción. Pero esta influencia

---

[12] Daniel C. Boughner, *The Braggart in Renaissance Comedy,* Westport, Conn., 1954, y María Rosa Lida de Malkiel, «El fanfarrón en el teatro del Renacimiento», *Romance Philology,* 11 (1958), págs. 268-291.

sobre los personajes dramáticos contrasta radicalmente con la actitud de los espectadores que ven en las posturas del fanfarrón nada más que una ocasión para criticar un vicio humano y para divertirse a costa de la incomprensión de la realidad humana que demuestra el personaje cómico.

La hermosura forma parte integral de la personalidad del galán, pero los dramaturgos no admiten una preocupación obsesiva con ésta. Díez Borque afirma que esta actitud va en contra de los valores tradicionales y por esto «Lope atacará siempre, sistemáticamente, a los ***lindos*** que ponen todo su cuidado en el arreglo y compostura de sus personas y carecen del complemento imprescindible de la belleza masculina según los patrones de la comedia: arrojo, valentía que no descarta la bravuconería, reflejo de una vida social en el XVII asaetada por prejuicios de casta» [13].

Aunque la comedia moderna admite la posibilidad de un ataque contra los valores de la sociedad, la comedia clásica a menudo, si no siempre, se convierte en el portavoz de los valores sociales tradicionales [14]. Por esto las acciones del personaje cómico se evalúan según su coincidencia o no con los valores sociales. La tragedia en su tratamiento serio del personaje puede poner en tela de juicio las estructuras sociales o morales del grupo; la comedia, sin embargo, tiende a concebir como inalterables las realidades humanas y por esto rechaza las tentativas del personaje cómico de alterar las condiciones de la vida.

---

[13] José María Díez Borque, *Sociología de la comedia española del siglo XVII,* Madrid, 1976, pág. 60.

[14] José A. Maravall, *Teatro y literatura en la sociedad barroca,* Madrid, 1974, insiste en que el apoyo de la sociedad por parte de los dramaturgos de la época es consciente y programático. Díez Borque, a propósito de nuestro tema, afirma: «Las diatribas contra los lindos, por otra parte, ocupan un lugar importante en la literatura costumbrista del XVII. Pero en la comedia, la virulencia de los ataques es consecuencia del sistema de valores del protagonista, que estos lindos quebrantan.» (pág. 60.)

Lo cómico y su utilización en «El lindo don Diego»

Estas consideraciones sobre los conceptos que informan la comedia y su estructura no se proponen quitar a los acontecimientos teatrales su calidad fundamental de diversión. A pesar de su posible origen en los ritos religiosos de la Grecia antigua y de la posición del dramaturgo como defensor de los derechos y valores de la sociedad, la comedia tiene que funcionar primariamente como entretenimiento. Pero no hay que olvidar que el entretenimiento no excluye la posibilidad de que la comedia funcione como aglutinante social. Los espectadores al presenciar los vanos esfuerzos del personaje cómico de alterar las circunstancias humanas, se sienten solidarios con el grupo y rechazan como inaceptable el comportamiento del agente cómico. Henri Bergson había enunciado que lo cómico reside solamente en lo humano y en lo humanizado, pero insiste en que la tarea principal del dramaturgo es la de impedir que nuestras emociones entren en juego. En la experiencia cómica es necesario que los espectadores se divorcien del elemento afectivo que normalmente les une a otros seres humanos. Por esto la separación del personaje cómico de su sociedad se convierte en necesidad sicológica y artística. Sin esta capacidad de sentirnos diferentes, ajenos a las acciones y mentalidad del personaje cómico, no podríamos reírnos de sus acciones. Por consiguiente, Bergson puede concluir que «Le comique exige donc enfin, pour produire tout son effet, quelque chose comme une anesthésie du coeur. Il s'addresse à l'intelligence pure».

El dramaturgo puede lograr este divorcio haciendo de la manía del personaje una entidad que casi existe por su propia voluntad. Es un organismo que lo contagia todo y, siguiendo otra vez a Bergson, adquiere su elemento cómico porque su presencia se convierte en automatismo y rigidez, dos características incompatibles con la flexibilidad humana. El elemento cómico de la pieza sirve de contrapeso al elemento serio (la interposición de Diego en la felicidad de Inés y Juan) de la acción. Es necesario notar que al llegar a los versos 315-386 del primer acto, la descripción por parte de Mosquito de don Diego, el público no puede ya tomar en serio la amenaza que representa el lindo. La figura ridícula de don Diego pierde para siempre su importancia como pretendiente de Inés y se transforma en objeto de risa. Sin embargo, no se puede permitir que el protagonista pierda completamente su capacidad de intervenir en la vida de los amantes sin abandonar el resorte dramático de la pieza. En otras palabras, aunque Diego deja de preocuparnos a nosotros, espectadores, continúa influyendo en los acontecimientos de la fábula. Esta dualidad es posible porque a menudo la figura que se interpone es el padre o un aliado del padre.

Se puede recurrir a dos explicaciones distintas pero relacionadas para explicar el papel del padre en la comedia. La primera la encontramos en Northrop Frye (página 164); según él, el concepto fundamental de la comedia reside en la existencia de dos sociedades: la vieja representada por el padre y la nueva representada por los dos amantes. Estas dos sociedades en lucha buscan imponerse una sobre la otra hasta que en la batalla decisiva, triunfan los representantes de la nueva sociedad. La unión de los jóvenes representa la victoria y la pieza termina normalmente con una expresión de júbilo, en fiesta, baile y el emparejamiento de todos los personajes.

Esta teoría encuentra un fuerte apoyo en las investigaciones llevadas a cabo por Cornford, quien propone (pág. 8 *et passim*) que la forma rudimentaria del drama proviene de los ritos de fertilidad entre los cuales hallamos el conflicto entre el nuevo y el viejo rey, símbolos de las estaciones del año, el verano y el invierno: «The old year is a force of evil and obstruction, only because it has grown old and yielded to the decay of winter» [15].

---

15 (El año viejo es una fuente de maldad y de obstrucción sólo porque ha envejecido y se ha rendido al decaimiento del invierno), Cornford, pág. 13.

La victoria del nuevo rey representa la llegada del verano con su promesa de prosperidad. Cornford propone que el desarrollo del rito hacia una representación sigue dos etapas: en la primera, el matrimonio sagrado cuyo propósito es el de promover la fertilidad de los campos, representa una unión simbólica que sirve para estimular a hombres, animales y vegetación a la reproducción. En una segunda etapa se eligen dos individuos cuyo papel es la personificación de estas fuerzas, llevándonos así a una representación dramática (mimesis) de esta unión.

La segunda explicación que se propone es la de Eric Segal en su obra sobre la comedia romana [16]. Según Segal, en la Roma antigua, las representaciones de comedias tenían lugar durante las Saturnalias, el período de fiestas al final del año, en que se permitía, al menos en las tablas, un ataque contra el más alto valor de la cultura romana: el respeto y la obediencia a los padres y antepasados. En efecto, en las comedias de Plauto y de Terencio se encuentra, a menudo, la trama del hijo y del siervo que se ayudan mutuamente para engañar al padre de aquél.

Sea como sea, la comedia europea llega a utilizar la figura del padre, del tío o del guardián como *blocking character* y al mismo tiempo permite una variante que nosotros vemos en la pieza de Moreto o en *Le Tartuffe* de Molière, en que la protección del padre permite a otro personaje funcionar como personaje-obstáculo. A pesar de la pérdida de autoridad del personaje cómico, la persistencia del padre en su proyecto es causa de bastante preocupación para los jóvenes. Es claro que estructuralmente el padre y el ente cómico son parte, al principio, de una misma presión. La felicidad de los jóvenes depende de la figura que encarna la máxima autoridad en el grupo, el padre, que mientras persista en su deseo de casar a su hija con don Diego, continúa influyendo en la acción.

La verdadera acción dramática de la pieza empieza a

---

[16] *Roman Laughter: the Comedy of Plautus*, Cambridge, Mass., 1968.

partir del verso 716. Hasta este momento, todo ha sido preparación o exposición: el peligro de los amantes (anuncio de los proyectos de don Tello); descripción de la personalidad de don Diego; la importancia que tiene este matrimonio para el padre; la resistencia de Inés. Conceptualmente, esta escena toca uno de los temas más discutidos y más importantes en el teatro de Moreto, la libertad de los hijos con respecto a la autoridad paterna. Moreto propone que el padre no debe influir en la voluntad de las hijas, pero insiste en la obediencia de éstas. Al dramaturgo le atrae el ideal de hijos obedientes y de padres comprensivos. Una situación en la que el amor paterno no se impone sobre la voluntad de los hijos, y los hijos están dispuestos a aceptar el juicio justo y ponderado del padre.

Naturalmente, el drama, siendo la presentación de una situación conflictiva, no puede presentarnos unos acontecimientos en los que no hay conflicto. Implícito en la acción, el contraste entre padre e hijas sostiene la tensión dramática a pesar de que don Diego con sus sandeces pierde toda autoridad moral. La descripción del padre, como individuo justo, equilibrado, es indispensable para mantener el elemento cómico de la obra. Si el padre fuera un tirano, se podría temer un final grave, pero como demuestra su bondad, el público puede presenciar las peripecias de la obra seguro de que el padre se dará cuenta de la situación y no impondrá un matrimonio desastroso a su hija. De esta manera, el equilibrio tan grato a nuestro dramaturgo, la obediencia de la hija y la comprensión del padre, serán las determinantes de la solución de la comedia. Finalmente, hay que preguntarse cómo un individuo comprensivo, justo, ponderado, puede insistir en este matrimonio imposible por tanto tiempo y no darse cuenta de la inaceptabilidad de don Diego. Moreto, siempre lógico en su caracterización, nos da dos explicaciones. Desde el punto de vista técnico, arregla los acontecimientos de tal manera que el padre no puede llegar a conocer a fondo la naturaleza de su sobrino. Don Tello tiene conocimiento parcial de la acción, se da cuenta de que hay cierta confusión pero no puede, de una manera definitiva, establecer las limitaciones de don Diego. Pero el punto más importante es que don Tello había acariciado por mucho tiempo el sueño de una alianza entre su familia y la de su hermano. Diego representa la cabeza de su casa, la única manera de continuar el nombre y el mayorazgo. La tolerancia del padre con don Diego es grande precisamente porque le es difícil abandonar sus proyectos.

La confusión presente en la comedia se debe no sólo a la confusión creada por don Diego, sino a las acciones de todos los personajes que participan en la acción. Don Tello, como hemos visto, a pesar de su buen sentido y equilibrio se deja dominar por la ambición que le dificulta un juicio justo de los méritos de su sobrino. Juan, víctima de sus celos y de su miedo de perder a Inés, es incapaz de competir con un rival menos hábil que él. Inés, a pesar de lo justo de su posición alterna entre desesperación e irritación y nunca se enfrenta con su padre para resolver este gran problema. Estos individuos son incapaces de solucionar sus conflictos porque, en tono menor, sufren de la misma enfermedad que don Diego; su obsesión les ciega, e incapaces de descubrir posibilidades de acción, sufren su destino. Por este motivo en las dos principales obras de Moreto el gracioso adquiere un papel importantísimo en el desarrollo de las piezas. Mosquito y Polilla comprenden que las manías de Diego y de Diana (en *El desdén con el desdén*) deben ser enfrentadas con pleno conocimiento de sus naturalezas.

Mosquito al conocer a don Diego comprende que el lindo vive su pasión tan completamente que ninguna razón o argumento lógico pueda valer. Don Diego se ha puesto detrás de su vanidad como si fuera una armadura impenetrable. Ni los insultos de Leonor, ni la larga arenga de Inés tienen efecto. Todo lo que oye lo transforma en elementos de su manía. Lo medido y ponderado del largo discurso de Inés es necesario para mostrar al público la incapacidad de don Diego de actuar normalmente. La cuidadosa explicación de las alternativas, los claros indicios de indiferencia por parte de Inés, lo decidido de su postura, debieran convencer a don Diego de una manera absoluta de que Inés no puede albergar ningún sentimiento por él. La reacción de Diego nos sorprende aún más precisamente porque el discurso de Inés ha sido tan equilibrado. Nada afecta al lindo, ni siquiera la frase «Sois hombre indigno de honor». La conclusión de Leonor:

> Hermana, este hombre no tiene
> sentido, y en vano intentas
> que se reduzga a razón. (vv. 1507-9)

es la definición más clara de este fenómeno.

La incapacidad de don Diego de utilizar la virtud peculiar del hombre, la razón, subraya esta separación de la sociedad que hemos mencionado y que ofende doblemente porque implica un rechazo de valores comunes y una inaceptable afirmación individual. Esta postura es cómica porque es contraria a la inmutable realidad de la vida. No hay ninguna duda en la mente de los espectadores sobre quién tiene razón y quién se equivoca. No hay problemática, y por eso no hay necesidad de evaluar acciones y reacciones. Como las protestas de un mentiroso, las palabras de don Diego aumentan la inautenticidad de su ser.

Hemos querido en esta introducción presentar algunos conceptos implícitos en la comedia. Naturalmente, el espectador que presencia una comedia no se da cuenta automáticamente de los elementos tradicionales y arquetípicos de la obra. Ni siquiera se da cuenta de los resortes que Bergson descubrió al analizar el origen de la risa y del humor: automatismo, inflexibilidad, intelectualización, falta de elemento efectivo. El espectador reacciona al estímulo de la representación teatral obedeciendo a impulsos sicológicos que él apenas advierte. El arte del dramaturgo no reside en su capacidad de ideólogo, sociólogo o pensador, sino en su capacidad de dar a su creación viveza e interés.

Acto Primero		Número de versos
1-80	Redondilla	80
81-472	Romance i-o	392
473-676	Redondilla	204
677-800	Silva (11-7 sílabas)	124
801-1034	Romance e-o	234

Acto Segundo

1035-1330	Redondilla	296
1331-1586	Romance e-a	256
1587-1632	Pareados (11 sílabas)	46
1633-1812	Redondilla	180
1813-2128	Romance i-a	316

Acto Tercero

2129-2236	Redondilla	108
2237-2496	Romance e-o	260
2497-2562	Silva (11-7 sílabas)	66
2563-2872	Romance e-a	310
2873-2964	Redondilla	92
2965-3200	Romance e-o	236

Acto I: 1034 versos

Silva	124 versos		12 %
Redondilla	284 versos		27,5%
Romance (i-o)	392 versos	38 %	
Romance (e-o)	234 versos	22,5%	
Romance total	626 versos	60,5%	60,5%

Acto II: 1094 versos

Pareados	46 versos		4 %
Redondilla	476 versos		43,5%
Romance (e-a)	256 versos	23,5%	
Romance (i-a)	316 versos	29 %	
Romance total	572 versos	52,5%	52,5%

Acto III: 1072 versos

Silva	66 versos		6 %
Redondilla	200 versos		18,5%
Romance (e-o)	496 versos	46,5%	
Romance (e-a)	310 versos	29 %	
Romance total	806 versos	75,5%	75,5%

Comedia completa: 3200 versos

Pareados	46 versos		1,5%
Silva	190 versos		6 %
Redondilla	960 versos		30 %
Romance (i-o)	392 versos	12 %	
Romance (e-o)	730 versos	23 %	
Romance (e-a)	566 versos	17,5%	
Romance (i-a)	316 versos	10 %	
Romance total	2004 versos	62,5%	62,5%

La presente edición

La primera edición de *El lindo don Diego* se encuentra en la *Parte XVIII* de *Comedias escogidas* del año 1662 publicada en Madrid por Gregorio Rodríguez. En 1676 aparece otra vez en la *Segunda Parte de las Comedias de D. Agustín Moreto* en la imprenta de Benito Macé, en Valencia. Siguen varias versiones sueltas sin fecha precisa que se mencionan más abajo.

En la preparación de esta edición hemos seguido fielmente el texto de la *Parte XVIII,* corrigiendo solamente algunos errores de imprenta, pero siempre poniendo en nota la versión original. Para facilitar la lectura hemos cambiado la ortografía según las reglas modernas; por ejemplo, *quando-cuando, ay-hay, fixas-fijas, dizes-dices, çapatos-zapatos, esse-ese, corriête-corriente,* etc. La puntuación y las acotaciones siguen en su mayor parte la edición de Alonso Cortés con algunos cambios que nos han parecido oportunos.

En las notas que acompañan al texto explicamos las posibles dificultades lingüísticas o textuales que el lector moderno pueda encontrar en una obra del siglo XVII y también notamos las variantes de la otra edición importante, la de la *Parte Segunda.* Nos hemos abstenido de mencionar los textos de las cuatro sueltas y otras ediciones que hemos consultado porque muchas de ellas son defectuosas y no ayudarían nada a la lectura[1].

[1] Buen ejemplo es la famosa edición de Luis Fernández-Guerra y Orbe de *Comedias escogidas de D. Agustín Moreto y Cabaña,* Madrid, 1856. El texto de *El lindo don Diego* proviene de la defectuosísima suelta que se imprimió en la calle de la Paz en Madrid en el año 1748. S. Griswold Morley en su «Studies in Spanish Dramatic Versification of the *Siglo de Oro.* Alarcón and Moreto», *University of California Publications* in *Modern Philology,* 7 (1918), págs. 131-173, sigue el texto de Fernández-Guerra y Orbe e infiere que *El lindo don Diego* consiste de 3095 versos, cuando en realidad tiene 3200.

Bibliografía

Ediciones de la obra

Parte diez y ocho, / De Comedias Nuevas, / escogidas de los mejores ingenios de España / dedicadas / a Don Fernando Soto y Berrio, Cava/llero de la Orden de Santiago, Gentilhombre de Su Magestad, de la / Iunta del Govierno, de la Casa Real de Castilla, su Veedor, y / Contador mayor / Con licencia, En Madrid, Por Gregorio Rodríguez y a su costa, / Año 1662.

Segunda parte de las comedias / de don Agustín Moreto / dedicadas al ilustre señor / D. Francisco Idiaquez Butrón / Muxica Borja, Marqués de / San Damián, etc. / Año de 1676 / con licencia / En Valencia, en la imprenta de Benito Macé, junto al / colegio del Señor Patriarca / A costa de Francisco Duarte, mercader de libros.

Hay una segunda impresión de la *Segunda parte,* publicada por Benito Macé en el mismo año, con leves variantes.

Cuatro sueltas que hemos consultado en la Biblioteca Nacional son:

Madrid, imprenta de la calle de la Paz, 1748.
Sevilla, imprenta de José Padrino, sin año.
Madrid, librería de Quiroga, sin año.
Salamanca, imprenta de D. Francisco de Tóxar, sin año.

Theatro hespañol, ed. Vicente García de la Huerta, tomo VIII, Madrid, 1789.

Comedias escogidas de don Agustín Moreto y Cabaña, ed. publicada por D. A. Fernández, tomo I, Madrid, 1826.

Tesoro del teatro español, ed. Eugenio de Ochoa, tomo IV, París, 1838.

Biblioteca de Autores Españoles, ed. Luis Fernández-Guerra y Orbe, tomo XXXIX, Madrid, 1856.

Teatro selecto antiguo y moderno, ed. D. Francisco de Orellana, tomo II, Barcelona, 1867.

Algunas ediciones modernas

El lindo don Diego, El desdén con el desdén, ed. Narciso Alonso Cortés, Madrid, Clásicos Castellanos, 1916.
El lindo don Diego en *El teatro español,* ed. Federico Sainz de Robles, Madrid, Aguilar, 1942.
El desdén con el desdén y *El lindo don Diego,* ed. Santiago Lazzati, Buenos Aires, Sopena, 1946.
El lindo don Diego, ed. Eduardo Juliá Martínez, Zaragoza, Ebro, s.a.
El lindo don Diego y *El narciso en su opinión,* de Guillén de Castro, ed. A. V. Ebersole, núm. 73, Madrid, Taurus, *Temas de España,* 1968.
Teatro español del Siglo de Oro, ed. Bruce W. Wardropper, Nueva York, Charles Scribener's Sons, 1970.

Estudios

ALONSO CORTÉS, NARCISO, «Prólogo» a Moreto, *Teatro,* Madrid, Clásicos Castellanos, 1916.
BALBÍN, RAFAEL DE, «Notas sobre el teatro menor de Moreto», en *Homenaje a Fritz Krüger,* Mendoza, Ministerio de Educación, Universidad Nacional de Cuyo, 1954, págs. 601-12.
BENNHOLDT-THOMSEN, UWE CARL, *Das idealisierte Weltbild des Theaters im Siglo de Oro. Eine Studie zum dramatischen Werk Moretos.* Tesis publicada, Universität zu Köln, 1966.
BUCHANAN, MILTON A., «Notes on the Spanish Drama: Lope, Mira de Amescua and Moreto», *Modern Language Notes,* 20 (1905), págs. 38-41.
CALDERA, ERMANNO, *Il teatro di Moreto,* Pisa, Editrice Libreria Goliardica, 1960.
CASA, FRANK P., *The Dramatic Craftsmanship of Moreto,* Cambridge, Harvard University Press, 1966.
CASTAÑEDA, JAMES A., *Agustín Moreto,* Nueva York, Twayne Publishers, 1974.
COE, ADA M., «Additional Bibliographical Notes on Moreto», *Hispanic Review,* I (1933), págs. 236-39.
COTARELO Y MORI, EMILIO, *Colección de entremeses, loas, bailes, jácaras y mojigangas desde fines del siglo XVI a mediados del XVIII. Nueva Biblioteca de Autores Españoles, XVII, XVIII,* Madrid, Bailly Baillière, 1911.
«Testamento de una hermana de Moreto», *Boletín de la Real Academia Española* I (1914), págs. 67-68.
«La bibliografía de Moreto», *Boletín de la Real Academia Española,* 14 (1927), págs. 449-94.
DÍEZ BORQUE, JOSÉ MARÍA, *Sociología de la comedia española del siglo XVII,* Madrid, Cátedra, 1976.

ENTRAMBASAGUAS Y PEÑA, JOAQUÍN DE, «Doce documentos inéditos relacionados con Moreto y dos poesías suyas desconocidas», *Revista de Bibliotecas, Archivos y Museos,* Año 7, número 28 (octubre 1930), págs. 341-56.

FERNÁNDEZ GUERRA Y ORBE, LUIS, «Discurso preliminar» en *Comedias escogidas de don Agustín Moreto y Cabaña,* Madrid, Biblioteca de autores españoles, XXXIX, 1856.

GARCÍA LORENZO, LUCIANO, *El teatro de Guillén de Castro,* Barcelona, Planeta, 1976, págs. 193-205.

LIDA DE MALKIEL, MARÍA ROSA, «El fanfarrón en el teatro del Renacimiento», *Romance Philology,* 2 (1958), págs. 268-91.

KENNEDY, RUTH LEE, *The Dramatic Art of Moreto,* Northampton, Massachusetts, Smith College Studies in *Modern Languages,* vol. XIII, núms. 1-4, octubre 1931-julio 1932.

«Concerning Seven Manuscripts Linked with Moreto's Name», *Hispanic Review,* 3 (1935), págs. 295-316.

«Manuscripts Attributed to Moreto in the Biblioteca Nacional», *Hispanic Review,* 4 (1936), págs. 312-32.

«Moreto's Spain of Dramatic Activity», *Hispanic Review,* 5 (1937), págs. 170-72.

LEY, CHARLES DAVID, *El gracioso en el teatro de la península. Siglos XVI-XVII,* Madrid, «Revista de Occidente», 1954.

LOTTMANN, ANNA MARIE, «The Comic Elements in Moreto's *Comedias*» (Tesis de doctorado, sin publicar, The University of Colorado, 1958).

MCCREADY, WARREN T., *Bibliografía temática de estudios sobre el teatro español antiguo,* Toronto, University of Toronto Press, 1966.

MORLY, S. GRISWOLD, «Studies in Spanish Versification of the *Siglo de Oro.* Alarcón and Moreto», *University of California Publications in Modern Philology,* 7 (1918), págs. 131-173.

OCHOA, EUGENIO DE, *Tesoro del teatro español,* I-V, París, Dramard-Baudry, 1838-1867.

ORTIGOZA-VIEYRA, CARLOS, *Los móviles de la «comedia» en Lope, Alarcón, Tirso, Moreto, Rojas, Calderón,* México, C. U., 1954.

PARKER, J. H., «Una nota comparada: el gracioso de Molière». En *Homenaje a William L. Fichter. Estudios sobre el teatro antiguo hispánico y otros ensayos.* Editado por A. David Kossoff y José Amor y Vázquez, Madrid, Castalia, 1971, páginas 575-80.

PLACE, EDWIN B., «Notes on the Grotesque: the *comedia de figurón* at Home and Abroad», *Publications of the Modern Language Association,* 54 (1939), págs. 412-21.

RICO, FRANCISCO, ed., *El desdén con el desdén,* Madrid, Castalia, 1971.

WARDROPPER, BRUCE W., ed., *El teatro español del Siglo de Oro,* Nueva York, Charles Scribner's Sons, 1970.

Advertencia

Las acotaciones que no figuran en el original van entre corchetes.

Para facilitar la lectura del texto, utilizamos un guión (—) para indicar el fin de una serie de apartes; para separar un aparte de un parlamento directo cuando es hablado por el mismo personaje; y para indicar cuándo un personaje se dirige a otros varios en el mismo parlamento.

El lindo don Diego

PERSONAJES

DON TELLO, *viejo.*
DON JUAN.
DOÑA INÉS.
DOÑA LEONOR.
MOSQUITO, *gracioso.*
BEATRIZ, *criada.*
DON DIEGO.
DON MENDO.
LOPE, *criado.*
MARTÍN, *criado.*

JORNADA PRIMERA

[Sala en casa de DON TELLO]

Sale[*n*] DON TELLO, *viejo, y* DON JUAN, *galán*

D. TELLO. Quiera Dios, señor don Juan,
que volváis muy felizmente.
D. JUAN. Breves los días de ausente,
señor don Tello, serán;
pues llegar de aquí a Granada
ha de ser mi detención.
D. TELLO. La precisa ocupación
de ser hora señalada
ésta de estar esperando
dos sobrinos que han venido
de Burgos, la causa ha sido
de no iros acompañando
hasta salir de Madrid;
que mi amistad no sufriera,
si este empeño no tuviera,
dejar de hacerlo.
D. JUAN. Asistid,
señor don Tello, a un empeño
tan de vuestra obligación;
que yo estimo la atención.

---

[6] *detención:* es decir, que estará ausente sólo el tiempo que se tarda en ir y venir de Granada.

D. TELLO. Vos de la mía sois dueño;
que el hacer juntos pasaje
los dos de Méjico a España,
hace amistad tan extraña,
que el cariño de un viaje
casi es deudo; y más ahora
que mi obligación confiesa
favor tanto a la Condesa,
vuestra prima y mi señora.
y pues ha de ser tan breve
vuestra ausencia, hasta volver
las bodas no se han de hacer.

D. JUAN. ¿Qué bodas?

D. TELLO. De todo debe
daros cuenta mi atención.
Los dos sobrinos que espero
con mis hijas casar quiero.

D. JUAN. [*Aparte.*] ¡Cielos! ¿Qué escucho?

D. TELLO. Ellos son
don Mendo y don Diego. A Mendo,
hijo de hermana menor,
le quiero dar a Leonor;
y a Inés, en quien yo pretendo
fundar de mi honor la basa,
para don Diego la elijo,
porque de mi hermano es hijo
y cabeza de mi casa.
Su gala y su bizarría
es cosa de admiración;
de Burgos es el blasón.

---

[20] *dueño:* hipérbole usada para mostrar la estrecha amistad que existe entre los dos amigos.

[33] *daros cuenta:* es decir, que la atención hacia don Juan le hace tenerle al corriente de lo que pasa en la familia.

[40-44] Por ser hijo del hermano de don Tello, don Diego será su heredero.

[41] *basa:* hasta el siglo XVII se emplea esta forma en todas las acepciones modernas de *base* (cfr. Corominas).

[42] La *Parte diez y ocho,* por errata: *para don Diego la dejo.*

[47] *blasón:* «es la divisa que un caballero trae en sus armas y escudo» (Covarrubias). «Significa también por metonimia lo mismo que honor y gloria, tomando la causa por el efecto.»

D. JUAN. [*Aparte.*] ¡Ay de la esperanza mía!
¡Ay, Inés, qué bien se advierte
que, de traición prevenida,
me has encubierto esta herida
para lograrme esta muerte!
D. TELLO. ¿Qué decís, don Juan?
D. JUAN. Que apruebo
vuestros justos regocijos.
D. TELLO. Voy a esperar a mis hijos,
que ya este nombre les debo.
Adiós, don Juan.
D. JUAN. Él os guarde.
D. TELLO. Y a vos os vuelva con bien. *Vase.*
D. JUAN. Amor, el golpe detén,
que contra la vida es tarde.
Ya con tan cruel herida
mi amor no puede vivir;
pues ¿qué falta por morir,
si era amor toda mi vida?
¡Ay, fe muerta a una mudanza!
¿Cómo pudo, aunque se ve,
ser tan segura una fe
puesta en tan falsa esperanza?
¡Ah, Inés!, ¿para mi partida
me reservaste este daño?
Pero ¿cuándo un desengaño
no viene a la despedida?
Pues diré a voces aquí
mis ansias y mis desvelos,
y me quejaré a los cielos
para quejarme de ti.
Culpen, pues, tu tiranía

---

50 *prevenida:* don Juan insinúa que ella tenía conocimiento de las intenciones de su padre.
55 *hijos:* se refiere a sus sobrinos que al casarse con sus hijas serán como sus hijos.
65 *fe muerta:* el amor que don Juan cree desaparece por parte de Inés.
69 En la *Parte diez y ocho: Ha, Inés.*
73 En la *Parte segunda: Pues diré a voces ahora.*

sus luces y sus estrellas;
pero ¿qué han de culpar ellas,
si entre ellas está la mía?

Sale DOÑA INÉS

D.ª INÉS. Don Juan, ¿qué es esto? ¿Tú voces,
tú quejas y tú suspiros,
cuando de tu ausencia está
tan cercano mi peligro?
Esperando que se fuese
mi padre, me dio el aviso
tu voz de que estabas solo;
y cuando salgo, te miro
triste, enojado, quejoso.
¿Qué ha sido la causa? Dilo,
señor; que es cruel la duda.

D. JUAN. Pues ¿tú, ingrato dueño mío,
por la causa me preguntas?
¿Tú, que eres della el principio,
dudas la razón que tengo
para llorar tus desvíos?
No has de preguntar la causa,
sino si yo lo he sabido;
y entonces te respondiera
mi amor, aunque muerto, fino,
que ya he sabido tu engaño,
que ya tu traición he visto;
y que mi loca esperanza
fue de viento, y la deshizo
el viento que la formaba,
como luz de rayos tibios,
que de un suspiro se enciende
y muere de otro suspiro.

D.ª INÉS. Don Juan, señor ¿con quién hablas?

75-80 Las estrellas no podrán quejarse del mal tratamiento que recibe don Juan porque entre ellas está su estrella de mala suerte.

106 La *Parte diez y ocho* y la *Parte segunda* dicen: *como luz de rayos tuyos.*

Que de tan bastardo estilo
no puedo ser el sujeto.
¿Tú, traición, tú, engaño has visto?
No sé, por Dios, lo que dices,
y turbada te replico;
que aunque no tenga razón
tu queja, que no averiguo,
tu tan horroroso estruendo,
para turbar basta el ruido.

D. JUAN. ¿No tiene razón mi queja?
¡Pluguiera al cielo divino
que yo comprara mi engaño
a precio de ese delito!
Pero mira si la tiene,
pues ya supe, dueño esquivo,
que estás casada, y tu padre
esperando a sus sobrinos,
que han de ser los dos dichosos
a costa de mi martirio:
con Leonor, tu hermana, el uno;
y el otro, ¡ay de mí!, contigo.
Don Diego, Inés, es tu dueño;
claro está que será digno,
tanto como por su sangre,
por haberte merecido.
Ya halló ocasión tu entereza
de disfrazar sus cariños,
dando en agrados de esposo
envuelto el nombre de primo.

---

110 *bastardo:* «Lo que es grosero, y no hecho con orden, razón y regla» (Covarrubias).

120 La *Parte diez y ocho,* por errata: *Pluuiera a el cielo divino.*

121-122 El «delito» de quejarse sin causa sería poco precio que pagar por estar seguro de que está equivocado y que ella todavía le quiere.

124 *dueño:* se emplea la forma masculina del sustantivo para evitar el mal sentido que la palabra *dueña* ha tomado en el lenguaje amoroso (cfr. Covarrubias).

133 Ambas *Partes* dicen: *por tu sangre.*

135-138 Don Juan la acusa de haber sustituido el cariño hacia un primo por el cariño hacia un amante.

De tu elección no me quejo;
pero ¿qué triunfo has tenido
en que muera de agraviado
quien pudo morir de fino?
¿Para qué ha sido engañarme?
¿Para qué alentarme ha sido?
Tu rigor...

D.ª INÉS. Don Juan, detente.
¿Qué don Diego, qué sobrinos,
qué casamientos son éstos?
¿Quién ese engaño te ha dicho?
Porque no sólo es engaño,
mas ni aun yo de él tengo indicio
que llegue a más que saber
que son esos dos mis primos,
que mi padre hoy los espera,
que de Burgos han venido;
mas a casarse no sé,
si no es que tú hallas camino
de que, sin saberlo yo,
pueda casarse conmigo.

D. JUAN. Pues ¿esto puede ser falso
cuando tu padre lo ha dicho?
O, ¿siendo tú su hija, puedes
ignorarle este disinio?
Yo, Inés, había deseado,
reconociendo el estilo
de las mujeres, saber
si habrá caso tan preciso
o tan claro desengaño
donde alguna se haya visto
sin tener qué responder,
concluida en su delito.
Pero, pues tú hallas en esto

---

142 *morir de fino:* la muerte metafórica de un sentimiento amoroso que desaparece a causa del cambio en uno de los amantes.
162 *disinio:* designio, en el sentido de «propósito». En la *Parte segunda: designio* a través de la comedia.
170 *concluida:* «sorprendida».

a tu disculpa resquicio,
de que no le puede haber,
me doy, Inés, a partido.
Pero, ¡vive Dios!, tirana,
que no ha de lograr conmigo
tu traición sus agudezas;
y si era el intento mío
partirme para volver
en alas de mi cariño,
ha de ser ahora alejarme
de tu mentiroso hechizo,
tanto, que en mi larga ausencia
llegue a encontrar el olvido.
A esto voy, y ¡qué mal voy!;
pues si te dejo rendido,
a ti te logro el deseo
y a mí me doy el castigo.
Mas tendré, muriendo, el gozo
de saber en mi martirio
que eres tú la que me mata,
pero yo el que me retiro.
No has de lograr la traición,
huyendo yo mi peligro,
pues por malograrte el rayo
voy a morir del aviso.

D.ª INÉS. Don Juan, señor, oye, espera.

Sale LEONOR

D.ª LEONOR. Inés, hermana, ¿qué miro?
¿Tú descompuesta? ¿Qué es esto?

D.ª INÉS. Esto es, Leonor, un delirio:
decir don Juan que mi padre
que estoy casada le ha dicho,
y que esposos de las dos
vienen a ser nuestros primos.

---

172 *resquicio*: «justificación».

174 *darse a partido:* «ceder de su empeño u opinión» *(DRAE)*.

195-196 Para frustrar su intento de matarle con el «rayo» (la traición amorosa) don Juan dice que morirá antes pensando en lo que va a pasar.

D.ª LEONOR. Pues, Inés, dice verdad,
porque él ahora me dijo
que prevenidas estemos,
porque él va por sus sobrinos,
que han de ser nuestros esposos;
y que por cierto motivo
que ha importado a su atención
nos ha callado este aviso.

D.ª INÉS. ¡Ay de mí! Leonor, ¿qué dices,
que ya te oigo sin sentido?

D. JUAN. Mira, Inés, si fue verdad
mi temor.

D.ª INÉS. Mas ya has oído
cómo pude yo ignorarlo.

D. JUAN. Pues ¿qüé importa al temor mío?
Erré en culpar tu fineza,
más no [en] temer mi peligro;
¿cómo se excusa mi muerte,
si ya perderte imagino?

D.ª INÉS. No sé, don Juan; que si es cierto,
como en mi mal lo colijo,
yo replicar a mi padre
podré, mas no resistillo.

D. JUAN. Luego ¿es preciso morir?

D.ª LEONOR. No, don Juan, no es tan preciso;
que en la elección del estado
dan fuero humano y divino
la proposición al padre
y la aceptación al hijo.
Las dos, don Juan, nos casamos,
aunque él nos busque el marido;
que la elección no ha de ser
de quien no fuere el peligro.

---

220 En ambas *Partes* falta *en*.

221 *cómo se excusa mi muerte:* «como se puede evitar mi muerte».

226 *resistillo:* la asimilación de la *-r* del infinitivo a la *-l* del enclítico es bastante común en Moreto como en los demás autores de la época (cfr. 239, 240). En la *Parte segunda,* sin embargo, la asimilación se da poquísimas veces.

El riesgo de un casamiento,
que si se yerra es martirio,
ha de ser el escogello
de quien se obliga a sufrillo.
Siendo esto cierto, ¿qué temes
de que él tenga ese disinio?
¿Se ha casado alguna dama
con el sí que el padre dijo?
Y esto no es darte a entender
que podrá nuestro albedrío
oponerse a su precepto,
porque si él lo ha concluido,
no hay resistencia en nosotras;
pero, cuando sabe él mismo
que nuestras dos voluntades
penden sólo de su arbitrio,
no es posible que una acción,
que es tan de nuestro albedrío,
la resuelva su decreto
sin lograrnos el aviso.

D. JUAN. Pues ¿qué puede ser, Inés,
haberme tu padre dicho
que ya estáis las dos casadas?

D.ª INÉS. Tener él ese disinio
y querernos proponer
para esposos nuestros primos;
mas si él ya no lo ha resuelto,
como mi hermana te ha dicho,
cuando esté en mi voluntad,
está, don Juan, sin peligro.

D.ª LEONOR. Inés, mira que es forzoso
que vamos a prevenirnos.

D.ª INÉS. ¡Ay, Leonor! ¿Cómo podremos
hallar las dos un camino

---

252 La *Parte diez y ocho* dice *advitrio*.
265 En la *Parte segunda: cuanto* en vez de *cuando*.
268 *vamos* en vez de *vayamos* para mantener el número de sílabas necesario en el verso.

de parecerlos muy mal?
D.ª LEONOR. Apelar al artificio:
mucho moño y arracadas,
valona de cañutillos,
mucha color, mucho afeite,
mucho lazo, mucho rizo
y verás qué mala estás;
porque yo, según me he visto,
nunca saco peor cara
que con muchos atavíos.
D.ª INÉS. Tienes buen gusto, Leonor;
que es el demasiado aliño
confusión de la hermosura
y embarazo para el brío.

Sale MOSQUITO

MOSQUITO. ¡Jesús, Jesús! Dadme albricias.
D.ª LEONOR. ¿De qué las pides, Mosquito?
MOSQUITO. De haber visto a vuestros novios;
que apenas el viejo hoy dijo
la sobriniboda, cuando
partí como un hipogrifo;
fui, vi y vencí mi deseo,

---

271 *parecerlos:* caso de loísmo donde el acusativo *lo, los* se usa en lugar del dativo (cfr. R. Lapesa, *Historia de la lengua española,* Madrid, 1968, págs. 260, 303-4).

273 *arracadas:* «pendientes».

274 *valona:* «cuello grande y vuelto sobre la espalda, hombros y pecho»; *cañutillos:* «hilo de oro u de plata de martillo rizado en cañutos para bordar» *(Dicc. de Aut.).*

275 *color:* «el arrebol con que las mujeres pálidas ponen rojas las mejillas y los labios» *(Dicc. de Aut.).*

afeite: «El aderezo... que se ponen las mugeres para desmentir sus defectos, y parecer hermosas» *(Dicc. de Aut.).*

285 *albricias:* «lo que se da al que nos trae algunas buenas nuevas» (Covarrubias).

287 En la *Parte segunda: De haber visto vuestros novios.*

289 *sobriniboda:* la alusión cómica a la intención de don Tello de casar a sus hijas con sus sobrinos.

290 *hipogrifo:* animal mitológico, mitad caballo y mitad grifo que montaba Astolfo en *Orlando furioso* de Ariosto.

291 *fui, vi y vencí:* un juego sobre el famoso dicho de César: ***«veni, vidi, vici».***

y vi vuestro par de primos.
D.ª LEONOR. Y ¿cómo son?
MOSQUITO. Hombres son.
D.ª LEONOR. Siempre estás de un humor mismo;
pues ¿podían no ser hombres?
MOSQUITO. Bien podían ser borricos;
que en traje de hombre hay hartos.
D.ª LEONOR. Y ¿cómo te han parecido?
MOSQUITO. El don Mendo, que es el tuyo,
galán, discreto, advertido,
cortés, modesto y afable;
menos algún revoltillo
que se le irá descubriendo
con el uso de marido.
D.ª LEONOR. Si él es tan afable ahora,
casado será lo mismo.
MOSQUITO. Eso no, que suelen ser
como espadas los maridos,
que en la tienda están derechas,
y comprándolas sin vicio,
en el primer lance salen
con más corcova que un cinco.
D.ª INÉS. ¿Y don Diego?
MOSQUITO. Ese es un cuento
sin fin, pero con principio;
que es lindo el don Diego, y tiene
más que de Diego de lindo.
Él es tan rara persona,
que, como se anda vestido,
puede en una mojiganga
ser figura de capricho.

---

302 *revoltillo:* aquí equivale a «enredo».

304 *con el uso de marido:* «de casado».

315 *lindo:* «Usado como sustantivo, se toma por el hombre afeminado, presumiendo de hermoso, y que cuida demasiado de su compostura y aseo» *(Dicc. de Aut.)*.

319 *mojiganga:* «Fiesta pública que se hace con varios disfraces ridículos, enmascarados los hombres, especialmente en figuras de animales.» El *Dicc. de Aut.* usa precisamente estos versos de Moreto (317-320) para mostrar el uso de la palabra.

Que él es muy gran marinero
se ve en su talle y su brío,
porque al arte suyo es arte
de marear los sentidos.
Tan ajustado se viste,
que al andar sale de quicio,
porque anda descoyuntado
del tormento del vestido.
De curioso y aseado
tiene bastantes indicios,
porque, aunque de traje no,
de sangre y bolsa es muy limpio.
En el discurso parece
ateísta, y lo colijo
de que, según él discurre,
no espera el día del juicio.
A dos palabras que hable
le entenderás todo el hilo
del talento, que él es necio,
pero muy bien entendido.
Y porque mejor te informes
de quién es y de su estilo,
te pintaré la mañana
que con él hoy he tenido.
Yo entré allá, y le vi en la cama.
de la frente al colodrillo
ceñido de un tocador,
que pensé que era judío.
Era el cabello, hecho trenzas,
clin de caballo morcillo,
aunque la comparación
de rocín a ruin ha ido.

---

332 limpieza de sangre, indica que entre sus antepasados no ha habido ni moros ni judíos.

347 *tocador:* Paño que servía para cubrirse la cabeza. A Mosquito le hace pensar en la caperuza que llevan los judíos.

350 *morcillo:* «de color negro con viso rojizo».

352 «*Ir de rocín a ruin:* dícese del que va a menos» (Correas). Moreto usa el mismo refrán, pero al revés, en su *El desdén, con el desdén: me he hecho médico de amor / por ir de ruin a rocín* (v. 657-8).

Descripción de Don Diego

Con su bigotera puesta
estaba el mozo jarifo,
como mulo de arriero
con jáquima de camino;
las manos en unos guantes
de perro, que por aviso
del uso de los que da,
las aforra de su oficio.
Deste modo, de la cama
salió a vestirse a las cinco,
y en ajustarse las ligas
llegó a las ocho de un giro.
Tomó el peine y el espejo,
y, en memoria de Narciso,
le dio las once en la luna;
y en daga y espada y tiros,
capa, vueltas y valona,
dio las dos, y después dijo:
«Dios me vuelva a Burgos, donde
sin ir a visitas vivo,
que para mí es una muerte
cuando de priesa me visto.—
Mozo, ¿dónde habrá ahora misa?»
Y el mozo, humilde, le dijo:
«A las dos dadas, señor,
no hay misa sino en el libro.»
Y él respondió muy contento:
«No importa, que yo he cumplido

---

353 *bigotera:* «tira de gamuza u otra materia con que se cubren los bigotes de noche para que no se descompongan».

354 La *Parte diez y ocho* tiene *garifo.*

356 *jáquima:* «cabezada de cordel, que suple por el cabestro, para atar las bestias y llevarlas» *(DRAE).*

360 *Su oficio* es llevar una vida de bribón y por eso la comparación con el perro.

366 Narciso, personaje mitológico de tanta belleza que se enamoró de sí mismo.

367 *La luna:* aquí significa el espejo.

368 *tiros:* «piezas de artillería»; referencia cómica a las armas de fuego que lleva don Diego.

378 Hasta mediados de este siglo, la misa se celebraba solamente antes de mediodía.

con hacer la diligencia.
Vamos a ver a mi tío.»
Este es el novio, señora,
que de Burgos te ha venido;
tal que primero que al novio
esperara yo un novillo.

D.ª INÉS. ¡Ay, don Juan! Con estas nuevas
es menos ya el temor mío,
pues mi padre no es posible
que me entregue a este martirio.

D. JUAN. Inés, por cualquiera parte
crece el temor y el peligro;
no es nuevo ser tú mi vida,
y ya en tus labios la miro.

D.ª INÉS. Vete, don Juan, que es forzoso
ir las dos a prevenirnos.

D. JUAN. Ya no es posible ausentarme.

D.ª INÉS. Albricias doy al peligro;
mas, ¿cómo, si de mi padre
ya has quedado despedido?

D. JUAN. Fingiré algún embarazo.

D.ª INÉS. ¿Y lograrásme un alivio?

D. JUAN. A eso voy.

D.ª INÉS. ¡Guárdete el cielo!

D. JUAN. Guárdeste tú, que es lo mismo.

MOSQUITO. ¡Ah, señor don Juan!

D. JUAN. ¿Qué quieres?

MOSQUITO. Tres portes de papelillos,
que, a doblón, montan...

D. JUAN. Ve a casa,
y llevarás un vestido. *Vase.*

MOSQUITO. Pues si él ha de ser llevado,
no me le dé usted traído.

---

[381] *hacer la diligencia:* aquí se refiere a la pregunta de don Diego si había misa (v. 375). La pregunta demuestra su intención de asistir a misa y, por consiguiente, él cumple con su deber cristiano.

[394] Su vida depende de la contestación de doña Inés. El sí a don Diego significará la muerte de don Juan.

[409–410] Juego de palabras sobre *llevar* y *traer*. *Traído* aquí significa «gastado». Nótese también uno de muchos ejemplos del

D.ª INÉS. Vamos, Leonor.
MOSQUITO. ¡Ah, señora!
D.ª INÉS. ¿Qué dices?
MOSQUITO. Tengo contigo
una intercesión y un ruego;
y aunque con sol tan divino
es osadía, me atrevo
a título de Mosquito.
D.ª INÉS. ¿Qué es lo que quieres?
MOSQUITO. Beatriz,
después que la has despedido,
anda pidiendo limosna.
D.ª INÉS. Pues si mi padre lo hizo,
¿qué puedo yo remediar?
MOSQUITO. Ese es rigor.
D.ª INÉS. Mas no mío.
MOSQUITO. Pues pide, dale; que es pobre.
D.ª INÉS. ¿Qué la he de dar?
MOSQUITO. Un recibo,
y vuelva a servirte a casa,
pues ya llora el pan perdido.
D.ª INÉS. Espero hoy otra criada.
MOSQUITO. No la llegará al tobillo
ninguna de cuantas vengan.
D.ª INÉS. ¿Por qué no?
MOSQUITO. Eso ¿no está visto?
Ella es golosa, chismosa,
respondona y alza el grito,
ventanera y todo el día
gasta en tratar de su aliño.

---

leísmo que usa el dativo *le* en vez del acusativo *lo* (cfr. Lapesa, *Historia,* págs. 260-1, 303-4).

413-416 Como los mosquitos no respetan a nadie, el criado, por llamarse Mosquito se atreve a pedir un favor a Inés.

422 *rigor:* «dificultad».

428 *la:* un ejemplo del *laísmo* donde el acusativo del pronombre sustituye el dativo (cfr. Lapesa, *Historia,* págs. 261, 303-4). Abundan otros casos a través de la comedia.

433 *ventanera:* «la mujer que está de ordinario a la ventana» (Covarrubias).

Mosquito le pide a Inés que deje volver a Beatriz

Pues ¿dónde has de hallar criada
que cumpla más con su oficio?

D.ª INÉS. Porque se ha criado en casa
siento haberla despedido;
mas como ella, por ahora,
quiera estarse en mi retiro
sin que la vea mi padre,
la recibiré.

MOSQUITO. ¡Ah, Dios mío,
lo que hace un buen abogado!

D.ª INÉS. Dila que venga, Mosquito.

D.ª LEONOR. Y entre sin verla mi padre.

MOSQUITO. ¿Y si está aquí?

D.ª INÉS. Entre contigo. *Vanse.*

MOSQUITO. Vitoria por mis camisas.—
¡Ah, Beatricilla!

Sale BEATRIZ

BEATRIZ. ¿Qué ha habido?

MOSQUITO. Que estás recibida ya.

BEATRIZ. ¿Qué dices?

MOSQUITO. Que Tito Livio
no pudo hablar en tu abono
como yo de tu servicio.
Ponderé aquí tus labores,
tu cuidado y tu buen pico,
y hace tanto un buen tercero,
que te recibió al proviso.

BEATRIZ. Siempre conocí yo en ti
tu buena intención, Mosquito.

MOSQUITO. Mira, yo naturalmente
hablo bien de mis amigos.

BEATRIZ. Seré tuya eternamente.

---

447 Para los combates nocturnos los soldados se ponían camisas de cierto tipo para poder distinguirse de sus enemigos. *Camisas,* entonces, por metonimia significa los esfuerzos de Mosquito.

453 *ponderé:* «exageré».

454 *tu buen pico:* «tu habilidad de hablar bien».

456 *al proviso:* «al instante».

MOSQUITO. Mas ya que te han recibido,
no me des carta de pago.
BEATRIZ. Tú verás si es mi amor fino.
MOSQUITO. Toca esos huesos y vamos.
BEATRIZ. Toco y taño.
MOSQUITO. Salto y brinco.
BEATRIZ. Y ¿esto ha de pasar de aquí?
MOSQUITO. ¡No, sino amarnos de vicio!
BEATRIZ. Pues querernos en silencio.
MOSQUITO. No podré, siendo Mosquito.
BEATRIZ. ¿Por qué no?
MOSQUITO. Porque los moscos,
para picar, hacen ruido. *Vanse.*

[Sala en la posada de DON DIEGO y DON MENDO]

Salen dos CRIADOS *con dos espejos,*
DON DIEGO *y* DON MENDO

D. DIEGO. Poneos los dos enfrente,
porque me mire mejor.
D. MENDO. Don Diego, tanto primor
es ya estilo impertinente.
Si todo el día se asea
vuestra prolija porfía,
¿cómo os puede quedar día
para que la gente os vea?
D. DIEGO. Don Mendo, vos sois extraño;
yo rindo, con salir bien,
en una hora que me ven,
más que vos en todo el año.

---

[463] Como las cartas de pago se cobraban después de determinado plazo, Mosquito no quiere que Beatriz demore su pago que, por lo visto, será *in naturalibus*.

[465-466] La expresión *tocar los huesos* («dar la mano») adquiere un sentido erótico cuando Beatriz añade el verbo *tañer*.

[468] *de vicio:* «de costumbre», «por las buenas».

[471] La *Parte diez y ocho* tiene *moços,* en vez de *moscos,* y la *Parte segunda maços*.

[472] Es evidente la alusión sexual contenida en el verbo «picar».

[482] *rindo:* «conquisto».

Vos, que no tan bien formado
os veis como yo me veo,
no os tardéis en vuestro aseo,
porque es tiempo mal gastado.
Mas si veis la perfección
que Dios me dio sin tramoya,
¿queréis que trate esta joya
con menos estimación?
¿Veis este cuidado vos?
Pues es virtud más que aseo,
porque siempre que me veo
me admiro y alabo a Dios.
Al mirarme todo entero,
tan bien labrado y pulido,
mil veces he presumido
que era mi padre tornero.
La dama bizarra y bella
que rinde el que más regala,
la arrastro yo con mi gala;
pues dejadme cuidar della.
Y vos, que vais a otros fines,
vestíos de priesa, yo no,
que no me he de vestir yo
como frailes a maitines.

D. MENDO. Si lo hacéis con ese fin,
¿qué dama hay que os quiera bien?

D. DIEGO. Cuantas veo, si me ven,
porque en viéndome dan fin.

D. MENDO. ¡Que lleguéis a imaginar
locura tan conocida!
¿Habéis visto en vuestra vida
mujer que os venga a buscar?

D. DIEGO. Eso consiste en mis tretas,
que yo a las necias no miro;

---

490 *tramoya:* «Metafóricamente vale enredo hecho con ardid y maña, o apariencia de bondad.» *(Dicc. de Aut.)*

500 *tornero:* «el que labra cosas redondas» (Covarrubias). Don Diego piensa que su padre lo era, porque él ha salido tan perfecto.

512 *dan fin:* «se rinden».

y en las que yo logro el tiro
sufren, como son discretas.
Y aunque las mueva su fuego
a hablar, callarán también,
porque ven que mi desdén
ha de despreciar su ruego.

D. MENDO. ¿Vos desdén? Tema graciosa.

D. DIEGO. Pues ¿queréis que me avasalle,
fácil yo, con este talle?
No me faltaba otra cosa.

D. MENDO. Mirad que eso es bobería
de vuestra imaginación.

D. DIEGO. No paso yo por balcón
donde no haga batería;
pues al pasar por las rejas
donde voy logrando tiros,
sordo estoy de los suspiros
que me dan por las orejas.

D. MENDO. Vive Dios que eso es manía
que tenéis.

D. DIEGO. Mujer sé yo
que dos veces se sangró
por haberme visto un día.

D. MENDO. Yo desengañaros quiero.

D. DIEGO. ¿Cómo?

D. MENDO. Que a una dama vamos
a festejar, y veamos
a cuál se rinde primero.

D. DIEGO. Pues ¿no tenemos aquí
a nuestras primas yo y vos?
¿Cuánto va que ambas a dos
hoy se enamoran de mí?

---

[519] *lograr el tiro:* en el sentido de «enamorar».

[532] *batería:* «Batir los muros es dispararles la artillería, batería, el estrago que en ellos hace con ella y con los asaltos» (Covarrubias).

[539] Sangrar era uno de los remedios más populares para aliviar enfermedades. Aquí, don Diego se refiere a la enfermedad amorosa.

[547] *ambas a dos:* la forma antigua que ya se encuentra en el *Cid* y Berceo (cfr. Corominas).

D. MENDO. ¿No veis que en ellas es más
el honor que las refrena?
D. DIEGO. Hasta verme, norabuena;
pero en mirándome, ¡zas!
D. MENDO. [*Aparte.*] Loco soy, pues quiero yo
a tal necio disuadir.
D. DIEGO. ¿Qué decís?
D. MENDO. Que ya temo ir
con vos.
D. DIEGO. ¡Pues no, sino no!
Mas dejadme que yo mismo
vuelva el talle a repasar;
que hoy por vos temo sacar
en mi gala un solecismo.—
Alzad esos dos espejos.
MARTÍN. Bien están así.
D. DIEGO. No están.
LOPE. Pues ¿cómo bien estarán?
D. DIEGO. Mirándose los reflejos.
MARTÍN. La luna se mira toda.
D. DIEGO. No tal.
LOPE. Pues ¿cómo ha de ser?
D. DIEGO. ¡Que no aprendáis a poner
los espejos a la moda!
MARTÍN. Di cómo, y no te alborotes.
LOPE. ¿Qué es moda?
D. DIEGO. ¡Mi rabia toda!
¡Que no sepan lo que es moda
hombres que tienen bigotes!
MARTÍN. ¿Están bien así?
D. DIEGO. Eso quiero,
que así todo me divisa.
D. MENDO. [*Aparte.*] Cayéndome estoy de risa
de ver a este majadero.

---

556 En la *Parte diez y ocho* y la *Parte segunda* falta *pues; sino no* en el sentido de «no faltaba más».

557 La *Parte diez y ocho* dice *mesmo.*

560 *Solecismo:* «error cometido contra la exactitud o pureza de un idioma» *(DRAE).* Aquí se refiere a un error en el vestir.

562 La *Parte diez y ocho* tiene *ansí* y la *Parte segunda assi.*

D. DIEGO. ¡El pelo va hecho una palma!
¡Guárdese toda mujer!
Yo apostaré que al volver
en cada hebra traigo un alma.
Los bigotes son dos motes;
diera su belleza espanto
si hiciera una dama un manto
de puntas destos bigotes.
El talle está de retablo;
el sombrero va sereno:
de medio arriba está bueno,
de medio abajo es el diablo.
Lo bien calzado me agrada.
¡Qué airosa pierna es la mía!
De la tienda no podía
parecer más bien sacada.—
Pero tened, ¡vive Dios!,
que aquesta liga va errada.
Más larga está esta lazada
un canto de un real de a dos.—
Llega, mozo, a deshacella.

D. MENDO. ¡Que aqueso os cueste fatiga!
Pues ¿qué importará esa liga?

D. DIEGO. No caer pájaro en ella.

D. MENDO. Mirad que ésas son locuras,
que a quien las ve a risa obliga.

D. DIEGO. Sólo con aquesta liga
cazo yo las hermosuras.

---

577 *palma:* «insignia de vitoria» (Covarrubias).

581 *Los bigotes son dos motes:* en el sentido de que cada uno proclama la superioridad de su dueño.

585 *retablo:* «El retrato en tabla, o el conjunto o agregado de figuras, pintadas o corpóreas.» *(Dicc. de Aut.)*

596 *Canto de un real:* grueso de un real, es decir, poquísimo, como en el famoso refrán «Del bien al mal no hay un canto de real» (cfr. Covarrubias).

598 *costarle fatiga a uno:* «causar molestia».

600-605 Juego de palabras sobre los dos significados de la palabra *Liga:* cinta para medias o calcetines y materia para untar espartos para cazar pájaros.

MARTÍN. Ya está buena.
D. DIEGO. Ahora están
iguales las dos; bien voy.
Con el reparillo estoy
cuatro dedos más galán.
Siempre que el verme repito,
queda el alma más ufana.—
Mozo, acuérdate mañana
de traerme pan bendito.

Sale MOSQUITO

MOSQUITO. Ya está aquí el coche, señor.
D. DIEGO. ¿Mosquito? —Vamos, don Mendo.
D. MENDO. Según vais, ya voy temiendo
que he de parecer peor.
D. DIEGO. ¿Voy bien?
D. MENDO. [*Aparte.*] La risa reprimo.
A desconfiar me obliga.
D. DIEGO. Miren si importó la liga,
pues ya se rinde mi primo.
MOSQUITO. [*Aparte.*] Al mirarle estoy suspenso.
¡Que éste piense que es galán!
Mas hartos lo pensarán,
que lo piensan por el pienso.
D. DIEGO. Mosquito, ¿hay gran prevención?
¿Cómo mis primas están?
MOSQUITO. Tales, señor, que podrán
tocarse entrambas a un son.
Cualquiera está tan bizarra
de las dos que al sol da cola,
y cualquiera prima sola
puede hacer una guitarra.

---

608 *cuatro dedos:* «bastante».
612 *pan bendito:* el que suele bendecirse en la misa y se reparte al pueblo.
624 Juego de palabras sobre el verbo *pensar* y el sustantivo *pienso* en el sentido de «sustento».
627-632 Otro juego de palabras sobre el doble sentido de la palabra *prima:* prima hermana y la más delgada cuerda de la guita-

D. DIEGO. También acá arde la fragua,
que todo eso es menester.
MOSQUITO. ¿Pues no?
D. DIEGO. A fe que hemos de ver
quién se lleva el gato al agua.
MOSQUITO. Pues dudarse eso ¿no es yerro?
Sólo de oír tu retrato
las vi, que no sólo el gato
llevarás tú, sino el perro.
D. DIEGO. Pues ¿ves? Sólo me lastima...
MOSQUITO. ¿Qué, señor?
D. DIEGO. ...mi estrella mala.
¡Que venga toda esta gala
a parar en una prima!
MOSQUITO. Cierto que tienes razón,
y a mí también me lastima.
D. DIEGO. ¿No me malogro en mi prima?
MOSQUITO. Merecías tú un bordón.
Mas deso no te provoques.
D. DIEGO. El ser tan rica me anima.
MOSQUITO. Y yo pienso que la prima
saltará antes que la toques.
D. DIEGO. ¿Cómo saltar?
MOSQUITO. Es galante,
y baila famosamente.
D. DIEGO. ¡Oh, pues viéndome presente

---

rra. La expresión *dar cola al sol* («volver la espalda al sol») además de referirse a la belleza de las hermanas también contiene otro significado porque *el sol* es la quinta nota en la escala musical y *la cola* es la detención en la última sílaba de lo que se canta.

636 *llevar el gato al agua:* «Veamos quien lleva el gato al agua; esto es, quien se sale con la suya. Antiguamente debieron usar cierto juego en la ribera del río con un gato, y ganaba el que le metía dentro de él; pero como se defiende con uñas y dientes, era dificultoso y peligroso» (Covarrubias).

640 *llevar el perro:* por alusión al dicho del verso 636 significa salir aún más con la suya.

648 «Bordón, en el instrumento músico de cuerdas, es la que suena octava abajo» (Covarrubias). Mosquito sigue con el juego empezado en las líneas 627-32. En la *Parte segunda: bondón.*

bailará el agua delante!
Y ella ¿me merece a mí?
MOSQUITO. Ese es, señor, mi recelo,
porque es un ángel del cielo
y no te merece a ti.
D. DIEGO. ¿Qué dices?
MOSQUITO. Si no es que sea
ley de estrella poderosa.
D. DIEGO. Miren, si esto es siendo hermosa,
¿qué haría si fuera fea?
MOSQUITO. ¿Sabes quién estoy pensando
que te merecía?
D. DIEGO. ¿Quién fuera?
MOSQUITO. Una dama que estuviera
toda su vida ayunando.
D. MENDO. Vamos presto, que mejor
allá lo podréis juzgar.
D. DIEGO. Vamos, don Mendo, a matar
estas dos primas de amor.
MOSQUITO. Al verte será delito
si no se desmayan luego.
D. DIEGO. Juicios tienes de don Diego.
MOSQUITO. [*Aparte.*] Y tú sesos de Mosquito. *Vanse.*

[Sala en casa de DON TELLO.]

Salen DON JUAN *y* TELLO

D. JUAN. Suspendióse, don Tello, mi partida,
porque mi prima, estando prevenida
para ir a cumplir una novena

656 «Bailar el agua delante es servir con gran diligencia y prontitud; está tomada esta manera de hablar de las criadas que en tiempo de verano, cuando sus amos vienen de afuera, refrescan las piezas y los patines con mucha presteza, y el agua va saltando por los ladrillos y azulejos, que parece baile» (Covarrubias).

667-678 Sarcásticamente Mosquito lisonjea a don Diego como un hombre que sería un premio para una mujer que haya pasado la vida ayunando para que Dios le dé un marido ideal.

que tenía ofrecida a Guadalupe,
que me detenga ordena;
y es fuerza que me ocupe
en asistir sus pleitos entre tanto.
[*Aparte.*] No será sino el mío.

D. TELLO. Estimo tanto
vuestra amistad, don Juan, que ha-
[biendo habido
justa ocasión que os haya detenido,
os he de suplicar que a honrarme asista
vuestra persona, ahora que a la vista
de mis hijas espero a mis sobrinos.

D. JUAN. Siempre de honrarme halláis nue-
[vos caminos.
[*Aparte.*] ¡Cielos, no haya logrado
[yo esta suerte
para ver la sentencia de mi muerte!

D. TELLO. Ya aquí vienen las dos.

D. JUAN. Y yo quisiera
me aviséis, por no errar de adelantado,
si están ya los conciertos en estado
de poder dar el parabién.

D. TELLO. Sí, amigo;
bien se le podéis dar.

D. JUAN. [*Aparte.*] ¡Cielos! ¿Qué espero?
Más que del golpe, de temello muero.

D. TELLO. Que aunque Inés y Leonor no lo han
[sabido
ya yo el concierto tengo concluido,
y el haberle callado
ha sido por no estar asegurado
de la venida de mis dos sobrinos,

---

680 *Guadalupe:* entre las advocaciones marianas una de las más populares era la Virgen de Guadalupe, un pueblo en la Sierra de Guadalupe (Cáceres).

688 *la vista:* «Ir a vistas, es propio de los que tratan casamiento, para que uno se satisfaga del otro, y no se diga lo que comúnmente anda en proverbio: el novio no vio, cuando no ha visto la novia hasta que se la ponen delante, y fea o hermosa se ha de casar con ella» (Covarrubias).

por tener ellas otros pretendientes,
amantes y parientes,
que estorbarlo intentaron. Y, en efeto,
se ha logrado el venir con el secreto;
y ésta la causa ha sido
de que Leonor y Inés no lo han sabido;
porque no fuera bien que yo un
[concierto
les propusiese que saliera incierto;
mas ya, por mi palabra asegurado,
nos dais el parabién adelantado.

D. JUAN. Muy como vuestra la atención ha sido.
[*Aparte.*] ¡Cielos, yo estoy ha-
[blando sin sentido!

Salen CRIADAS, LEONOR *e* INÉS *tocada de boda*

D.ª INÉS. [*Aparte a* D.ª LEONOR.]
¡Muerta salgo!

D.ª LEONOR. Tus dudas son forzosas.

D. TELLO. ¡Bien prevenidas salen! ¡Son curiosas!

D. JUAN. [*Aparte.*] Esfuércese el corazón
a este tormento también.—
En tan dichosa ocasión
es precisa obligación,
señoras, mi parabién.
Logréis el feliz estado
a medida del deseo.
[*Aparte.*] Y a costa de un desdichado.

D.ª INÉS. No sé a qué va encaminado
el parabién ni el empleo.

D. TELLO. El parabién da don Juan
de los casamientos hechos
con vuestros primos.

D.ª INÉS. Y ¿están
en estado que podrán

---

709 La *Parte diez y ocho,* por error, dice *de que Leonor y Inés lo ayan sabido;* nótese el uso de la conjunción copulativa *y* en vez de *e: y Inés.*

727 *empleo:* aquí en el sentido de «esfuerzo».

admitirle nuestros pechos?
D. TELLO. ¿Pues no, si ellos han venido
de mi palabra fiados?
D.ª INÉS. No habiéndolos admitido
nosotras, en vano ha sido
darlos por efetuados.
D. TELLO. Pues ¿podéis las dos hacer
a mi gusto resistencia?
D.ª LEONOR. Yo, señor, no sé tener
voluntad, y si ha de ser
alguna, ésa es mi obediencia.
D.ª INÉS. Contigo también, señor,
es mi voluntad ajena,
sólo tu gusto es mi amor;
mas este mismo primor
tu resolución condena.
Porque cuando yo he de estar
pronta siempre a obedecer,
no me debieras mandar
cosa en que puedo tener
licencia de replicar.
Y si me da esta licencia
el cielo, y tu autoridad
me la quita con violencia,
casaráse mi obediencia,
pero no mi voluntad.
Siendo este estado, señor,
de tantos riesgos cercado,
¿no pudiera algún error
dar asunto a mi dolor
y empeños a tu cuidado?
Luego, aunque yo me concluyo,
debieras a mi albedrío
proponerlo, no por suyo,

---

732 *admitirle: le* se refiere al *parabién* del verso 728 (cfr. nota al verso 409).

758 *este estado:* el matrimonio.

761 *dar asunto:* en el sentido de «causar». En la *Parte segunda: dar asunto a dolor.*

763 *aunque yo me concluyo:* «aunque me doy por convencida».

sino porque, aunque él es tuyo,
tiene el título de mío.

D. TELLO. Aunque es la queja tan vana,
por queja de amor la he oído,
Inés, callando tu hermana,
que no eres tú tan liviana
que tuviera otro sentido;
ni yo tan poco mirado
que a todo vuestro deseo
no le exceda mi cuidado,
habiendo ya examinado
los peligros de este empleo.
En gusto, quietud y honor,
logréis toda la ventura
que pudiera vuestro amor
y el mío, que es el mayor,
que vuestro bien asegura;
y mi palabra empeñada
ya, Inés, no tiene lugar
tu queja, aunque bien fundada,
pues, sobre que estás casada,
no tienes que replicar.

D. JUAN. [*Aparte a* D.ª INÉS.] ¡Cielos! Yo de mi [tormento
he venido a ser testigo.

D.ª INÉS. Y yo del dolor que siento.—
Pues si ya mi casamiento
das por hecho, sólo digo
que, aunque tan llano lo ves,
falta una duda por ti
no fácil.

D. TELLO. Y ésa ¿cuál es?

Sale MOSQUITO

MOSQUITO. Los novios están aquí.

D. TELLO. [*A* D.ª INÉS.] Déjalo para después.—

773 *mirado:* «advertido».

Llegan los novios

¿Dónde están?
MOSQUITO. Veslos allí,
que el coche, con gran sosiego,
los va ya dando de sí.

Salen DON MENDO, DON DIEGO *y* CRIADOS

D. TELLO. Prevenid sillas aquí.
MOSQUITO. [*Aparte.*] Y albarda para don Diego.
D. DIEGO. Buen lugarillo es Madrid.
D. MENDO. Dadnos, señor, los pies vuestros.
D. TELLO. Llegad, hijos, a mis brazos,
que ya de padre os prevengo.
D. DIEGO. Bravos lodos hace, tío.
D. TELLO. Pues ¿qué embarazo os han hecho
viniendo los dos en coche?
D. DIEGO. Antes lo digo por eso,
que hemos perdido ocasión
de venir gozando dellos.
D. TELLO. ¿Pues echáis menos los lodos?
MOSQUITO. Es adamado don Diego,
y le ha olido bien el barro.
D. TELLO. Hablad a Inés.
D. DIEGO. Eso intento.
Lo primero que habla un novio,
dicen todos los discretos
que es necedad; pues aposta
que he de hablar yo poco y bueno.
Señora, ya os habrán dicho
que sois mía y yo soy vuestro;
mas os puedo asegurar
que en mí os da mi tío un dueño

799-800 Personificación cómica del coche, que, como si fuera consciente de la importancia de los pasajeros que acababa de traer a casa de don Tello, los deja salir con mucho cuidado.

802 *albarda:* «es la cobertura y el fuste de la bestia de carga, para que con ella no se mate o maltrate» (Covarrubias). Mosquito insinúa que don Diego es un asno.

814-815 Las mujeres se ponían barro en la cara para mejorar el cutis. Como don Diego es tan afeminado *(adamado)*, Mosquito sugiere que él hace lo mismo.

que hay muchas que le tomaran
con dos cantos a los pechos.
Con decir una verdad
se excusa uno de ser necio.

D.ª INÉS. [*Aparte.*] ¡Muerta estoy! —En mí, señor,
la voluntad que yo tengo
es de mi padre y no mía,
y vuestra, por su precepto.
[*Aparte.*] ¿Qué hombre, ¡cielos!, es aqueste
tan torpe, exquisito y necio?

D. DIEGO. [*A* MOSQUITO.]
¡Alto! Clavóse hasta el alma.
Ya por mí perderá el seso.

MOSQUITO. Si ella se casa contigo,
que le perderá es bien cierto.

D. TELLO. Hablad, don Mendo, a Leonor.

D. MENDO. En su hermosura suspenso,
del primer yerro en mi labio
tendrá disculpa el proverbio;
y ya turbado, señora,
a las luces del sol vuestro
con tanta razón, sería
acertar el mayor yerro.

D.ª LEONOR. Nada puede errar quien lleva
por norte tan buen lucero
como la desconfianza.
[*Aparte.*] Discreto y galán es Mendo;
yo he sido la más dichosa.

D. DIEGO. Mi primo, con lo modesto,
vence el no ser muy galán.

---

[826] *con un canto a los pechos:* «con mucho gusto y complacencia» *(DRAE)*. Don Diego cambia el proverbio diciendo *dos cantos* para mostrar a Inés lo feliz que se quedarían muchas mujeres si se pudieran casar con él.

[834] *exquisito:* en el sentido de «raro».

[842] El verso se refiere al proverbio mencionado por don Diego en los versos 817-819.

[846] *acertar:* «cometer».

[853] *vence:* «demuestra».

Diego x cree que ha conquistado a las 2 pero ambas le ven como un bobo

D.ª Leonor. Vos lo sois con tanto extremo,
que haréis menos a cualquiera.
Aparte. ¡Hay más loco majadero!

D. Diego. [*Aparte.*] También cayó la Leonor.
Buena mi primo la ha hecho
en ir a vistas conmigo.

D. Tello. Tomad, sobrinos, asiento.

D. Diego. Yo por mí, ya estoy sentado.

D. Tello. Muy llano venís, don Diego.
[*Aparte.*] Muy tosco está mi sobrino;
mas la corte le hará atento.

D. Diego. [*Aparte a* Mosquito.]
¡Hola! Por Dios, que también
se me ha enamorado el viejo.

Mosquito. Dicha tienes en que aquí
no esté también el cochero.

D. Juan. [*Aparte.*] ¡Cielos! Mienten los que dicen
que puede ser de consuelo
el competidor indigno;
que antes es de más tormento,
pues el uso de las dichas
se aseguran en el necio.

D. Tello. Los dos al señor don Juan
conoced; que es a quien debo
tan íntima obligación
que le viene el nombre estrecho
de amistad a nuestro amor.

D. Juan. Y en mí tendréis un deseo
de serviros, que dará
indicios de aqueste empeño.

D. Mendo. Ya, señor don Juan, le logro
en las noticias que tengo.

D. Diego. Y yo desde hoy con más veras
he de ser amigo vuestro;
que tiráis algo a galán,

---

856 En la *Parte segunda: Hay loco más majadero.*
862 *llano:* «descortés, desatento u descomedido» *(Dicc. de Aut.).*
873-874 Don Juan quiere decir que los necios suelen tener suerte.
883 *le logro:* «lo sé».

y para mí es bravo celo.

D. JUAN. Delante de vos no puede
ningún galán parecerlo;
que tiráis tanto que dais
en el blanco dese acierto.

D. DIEGO. No; antes doy poco en el blanco,
porque es color que aborrezco,
y el usarse aquestas mangas
de garapiña me han hecho
sacar blanco algunas veces;
pero ya es todo mi anhelo
una color de pepino
que ha traído un extranjero.

D. JUAN. ¿De pepino? Pues ¿no es verde?

D. DIEGO. Es gran color.

MOSQUITO. Será bueno
para aforrar ensaladas.

D. DIEGO. Sólo unos guantes me he puesto
deste color, pero estaba
que era prodigio con ellos.

D.ª INÉS. [*Aparte.*] Leonor, este hombre no tiene
uso del entendimiento.

D.ª LEONOR. Ni aun del sentido tampoco.

D. DIEGO. [*Aparte.*] Ya hablan las dos en
[secreto.
Luego dije yo que había
de parar el caso en celos.—
¿Qué se murmura, señoras?

D.ª LEONOR. Alabaros de discreto.

D. DIEGO. ¿Y no de galán?

D.ª LEONOR. También.

D. DIEGO. Pues eso es cuento de cuentos,
porque en Burgos unas damas

---

888 *bravo:* en el sentido de «magnífico», «suntuoso» (cfr. *Dicc. de Aut.).*

893 Don Diego no entiende lo que don Juan quiere decir con la expresión «dar en blanco» y empieza a hablar del color blanco de las mangas.

896 *garapiña:* «tejido especial en encajes y galones» *(Dicc. de Aut.).*

trataron de hacer lo mesmo,
y en sólo los pies tardaron
un día.

MOSQUITO. Según son ellos,
bien de priesa los pasaron.

D. MENDO. *Aparte.* ¡Corrido estoy, vive el cielo,
de venir con este tonto!

D. TELLO. [*Aparte.*] Mi sobrino está algo necio;
mas yo le reprehenderé
para que enmiende este yerro.—
Venid a ver vuestro cuarto.

D. DIEGO. Sí, señor, vamos a eso;
porque el mío ha menester
mucha luz para el espejo.

D. MENDO. Señora, no se despide
quien deja el alma asistiendo
al culto de vuestros ojos
desde que vive de vellos.

D. DIEGO. Yo, prima, no sé de cultos,
porque a Góngora no entiendo,
ni le he entendido en mi vida;
pero después nos veremos.

Vanse [DON DIEGO, DON MENDO, DON TELLO *y* CRIADOS]

D.ª INÉS. ¿Qué dices desto, Leonor?

D.ª LEONOR. No sé, hermana, ni me atrevo
a hablar, y viendo tu pena
por no afligirte, te dejo. [*Vase.*]

MOSQUITO. ¿Y si yo me atrevo a hablar,
y a decirte que, aunque luego

---

918 *mesmo:* Moreto, como los demás autores de la época, usa *mesmo* o *mismo* según las exigencias de la rima.

922 *corrido:* «avergonzado».

925 *reprehenderé:* un caso de grafía culta que no tiene ningún reflejo oral porque la palabra queda de cuatro sílabas.

935-937 Don Diego no entiende el sentido de la palabra *culto* usada por don Mendo (933) y piensa que se refiere al gran poeta *culto,* Góngora.

te case con él tu padre,
yo a descasarte me atrevo?
Porque este novio es un macho,
y hace mulo el casamiento.

D. JUAN. Inés, señora, ¿qué dices?
¿Quédale ya a mi tormento
esperanza que le alivie?
Ya todo el peligro es cierto,
ya dio palabra tu padre,
ya está aceptado el empeño;
ya yo te perdí, señora,
y ya... Pero ¿cómo puedo
referir mayor desdicha
que haber dicho que te pierdo?

D.ª INÉS. Don Juan, según yo he quedado,
ni aun para hablar tengo aliento.
Ni yo sé si me has perdido,
ni de mi padre el empeño,
ni si ya ha dado palabra,
ni aun razón tampoco tengo
para saber de mi pena;
mira qué haré del remedio.
Si hay alguno en el discurso,
es no tenerle don Diego,
ser sujeto tan indigno,
y mi padre no tan ciego
que no lo haya conocido.
A él con mis quejas apelo,
y a decirle que el casarme
con hombre tan torpe y necio
es condenarme a morir
o a vivir en un tormento.

MOSQUITO. Y que es pecado nefando
casarte con un jumento.

947–948 Juego de palabras sobre *macho* en el sentido de «mulo», y luego *mulo* en el sentido de «nulo» («falto de valor y fuerza para obligar o tener efecto». *Dicc. de Aut.).*

968 *tenerle: le* se refiere al *remedio* del verso 966. Según Inés don Diego es tan bobo que no tiene ningún remedio.

D. JUAN. Y si a tu padre le obliga
de su palabra el empeño,
y desprecia tu razón
por su atención que es primero,
¿qué haré perdiéndote yo?

MOSQUITO. Lo que yo hago cuando pierdo.

D. JUAN. ¿Qué haces tú?

MOSQUITO. Romper los naipes
o llevármelos enteros.

D.ª INÉS. Don Juan, mi padre no es
en mi amor tan poco atento
que viendo tan justa causa
como de quejarme tengo,
a toda una vida mía
anteponga otro respeto.
Esta apelación me falta;
si es tan uno nuestro riesgo,
admítela, que parece
que no es tuyo mi deseo.

D. JUAN. ¿Cómo he de admitirla, Inés,
viendo a tu padre resuelto
a cumplir con su palabra,
y es de su honor este empeño?

D.ª INÉS. Y el mío, ¿no es de mi vida?

D. JUAN. Sí, pero con él es menos.

D.ª INÉS. ¿No puede ser que se mueva
a mi llanto?

D. JUAN. No lo espero.

D.ª INÉS. Pues, don Juan, si tu temor
da mi peligro por cierto,
resolvernos a morir,
que aquí no hay otro remedio.

D. JUAN. Pues ¿para cuándo es, Inés,
un atrevido despecho,
que tiene tantas disculpas?

D.ª INÉS. Don Juan, no hables en eso;
que aunque es tan grande mi amor,

---

981 *razón:* en el sentido de «derecho», «argumento» o «motivo».

es mi obligación primero.
D. JUAN. ¿Y ése puede ser amor?
D.ª INÉS. Amor es; pero sujeto
a la ley de mi decoro.
D. JUAN. ¿Que, en fin, niegas un aliento
al temor de mi esperanza?
D.ª INÉS. ¿Ya no te doy el que puedo?
D. JUAN. ¿Qué puede importar, si es poco?
D.ª INÉS. Pudiendo bastar lo menos,
¿por qué he de empeñar lo más?
D. JUAN. ¿Y si lo requiere el riesgo?
D.ª INÉS. Vete, don Juan; que los daños
empeñan a los remedios.
D. JUAN. Esa esperanza me alivia.
D.ª INÉS. Pues deja ver el suceso...
D. JUAN. Quiera amor que sea feliz.
D.ª INÉS. Más de mi parte está el ruego.
D. JUAN. ¡Qué temor!
D.ª INÉS. Adiós, don Juan.
D. JUAN. Guárdete, señora, el cielo.
MOSQUITO. Miren si es verdad que ya
pierde el juicio por don Diego.

1024 La *Parte diez y ocho* tiene *al riezgo*.

JORNADA SEGUNDA

[Sala en casa de DON TELLO.]

Salen DON JUAN *y* MOSQUITO

MOSQUITO. Vuelvo a decirte que hay medio
para curar tu dolor.
D. JUAN. Mosquito, en tanto rigor,
¿cuál puede ser el remedio?
Don Tello ha determinado
el dar a Inés a don Diego,
y ha despreciado su ruego,
y su palabra ha empeñado.
No hay medio en tanta aflicción.
MOSQUITO. Dígote que le ha de haber.
D. JUAN. Necio, ¿cómo puede ser?
MOSQUITO. ¿Hay tal desesperación?
Ese hombre, ¿no es un rocín?
Luego tu duda es crüel.
D. JUAN. Pues ¿qué medio hay para él?
MOSQUITO. El medio de un celemín.
D. JUAN. ¿Búrlaste de mi dolor?
MOSQUITO. Pues si no quieres creer,

1050 *Celemín:* «Medida de granos, semillas y otras cosas que hace la duodécima parte de una fanega» *(Dicc. de Aut.)*. Solía usarse para medir la cebada que se daba a las caballerías. Como, según Mosquito, don Diego es un mulo, le bastará el medio celemín de «cebada» para dejarle contento.

¿qué tengo de responder?
No desesperes, señor,
que en esto hay medio y remedio
y tataremedio y todo.

D. JUAN. Pues viviré de ese modo.

MOSQUITO. Y ha de ser pared en medio.
Pero para aqueste efeto,
tu licencia me has de dar
de lo que yo he de trazar.

D. JUAN. Esa yo te la prometo.

MOSQUITO. Pues, señor, yo, conocida
la liviandad de don Diego,
deseando tu sosiego,
hallé el medio por su herida.
Alabéle con intento
a tu prima la condesa,
que ya de viuda profesa
se le anda el casamiento.
Abrió tanto ojo a la mía,
y muy fiado de sí,
dijo. «Si ella me ve a mí,
yo me veré señoría.»
Yo le prometí llevar
donde ella verle pudiera,
y él dijo: «Desa manera,
condeso de par en par.»
Si trazamos que en él cuaje
esta esperanza, después
despreciará a doña Inés,

1056 En la *Parte diez y ocho,* por error, *y taramedio.*

1058 *Pared en medio:* «Modo de hablar con que se explica la inmediación o contigüidad de una casa o habitación respecto de otra, que sólo las divide una pared. Por extensión se dice de la inmediación u cercanía de otras cosas» *(Dicc. de Aut.).* Aquí quiere decir que el remedio será inmediato.

1074 *Señoría:* «Es la cortesía que se da a los señores titulados» (Covarrubias). Aquí en el sentido de «nobleza».

1078 *condeso:* Palabra creada por Mosquito para indicar el deseo de don Diego de casarse con la condesa. En la *Parte diez y ocho* y la *Parte segunda,* por errata, *condesa; de par en par:* «clara o patentemente».

y al viejo y a su linaje.
Conque tú puedes tratar
de tu boda a tu placer,
porque él, por encondecer,
no ha de querer emprimar.

D. JUAN. Sí; mas no halla mi desvelo
modo de verlo logrado.

MOSQUITO. Pues veslo aquí ejecutado
como el huevo de Juanelo.
Tú con tu prima has de hacer
que un favor no le recate.

D. JUAN. ¡Jesús! ¡Qué gran disparate!
¿Yo me había de atrever
con mi prima a esa indecencia?
Demás de que ausente está
en Guadalupe, aunque acá
no se sabe de su ausencia;
pues su casa está asistida
como si ella aquí estuviera.

MOSQUITO. Pues mejor desa manera
la industria está conseguida.

1085-1086 *encondecer, emprimar:* juego de palabras sobre los sustantivos «condesa» y «prima».

1090 A Juanelo Turriano, el inventor del artificio para subir el agua del Tajo a Toledo, se le atribuye la famosa anécdota del huevo. Mucho más extendida es la opinión de que fue Colón el que puso derecho un huevo cocido. Calderón, en *La Dama Duende* (acto 2.º, esc. 3.ª), escribe:

¿El cuento, mi amiga, sabes
de aquel huevo de Juanelo
que los ingenios más grandes
trabajaron en hacer
que en un bufete de jaspe
se tuviera en pie, y Juanelo
con sólo llegar y darle
un golpecito lo tuvo?
Las grandes dificultades
hasta saberse lo son;
que sabido, todo es fácil.

(cfr. José María Iribarren, *El porqué de los dichos,* Madrid, 1974, págs. 401-2).

D. JUAN. ¿De qué modo?

MOSQUITO. Con mi maña.
Yo tengo aquí una mujer
que fingirá, sin caer,
la Princesa de Bretaña;
tan sabia, que por su cholla
dijo aquel refrán feliz:
«De las hembras, la Beatriz,
y de las aves, la olla.»
Ella, que mi industria anima,
por finísima embustera,
es tan delgada tercera
que se sabrá fingir prima.
Sin costarte más trabajo
que permitirme la empresa,
le haré tragar la condesa
envuelta en el estropajo.

D. JUAN. ¿No es fuerza que eso se ajuste
con las criadas?

MOSQUITO. Mejor.
Pues ¿qué criadas, señor,
se niegan para un embuste?

D. JUAN. Si dese modo ha de ser,
yo permitillo no puedo.

MOSQUITO. Si ha de saberse el enredo,
ella, ¿qué puede perder?
Y si este te escarba aún,

1109-1110 El refrán completo dice:

«De las carnes, el carnero;
de los pescados, el mero;
de las aves, la perdiz;
de las mujeres, Beatriz.»

Se cree que Beatriz era doña Beatriz de Castro Osorio, hija del segundo Conde de Lemos, conocida por su belleza.

1113-1114 Otro juego de palabras sobre *la tercera* y *la prima*. Beatriz es tan *delgada* (delicada) *tercera* (mujer que media en los encuentros amorosos) que por su «delgadez» se aproxima a *la prima* (la condesa, prima de don Juan, a quien va a impersonar para burlarse de don Diego).

1127 *escarbar* en el sentido de molestar.

¿hay más de hacer yo el papel
in solidum, sin que en él
entres tú de mancomún?

D. JUAN. Sin que me des por autor,
hazlo tú.

MOSQUITO. Pues, caballero,
¿soy yo tan pobre embustero,
que he menester fiador?

D. JUAN. Si lo logras desa suerte,
le darás vida a mi amor.

MOSQUITO. Pues vete luego, señor;
que conmigo no han de verte,
y vienen aquí los dos
con mi señor.

D. JUAN. Mi sosiego
fío de ti.

MOSQUITO. Vete luego.

D. JUAN. Pues adiós. *Vase.*

Salen DON TELLO, DON MENDO *y* DON DIEGO

MOSQUITO. [*Aparte.*] ¡Válgame Dios!
¿Sin importarme, esto noto?
¿Quién en tal bulla me mete?
Mas esto es que un alcahuete
siente mucho ahorcar el voto.

D. TELLO. Sobrino, esto es atención.

D. DIEGO. Tío, eso es mucho apretar;
yo me tengo de alabar
en cuanto fuere razón.

D. TELLO. No puede serlo alabaros
neciamente de galán;
y donde damas están,
no es luciros, sino ajaros.

D. DIEGO. ¿Esa, señor, se usa aquí?

1129 *in solidum: en sólido,* en el sentido de «completamente».
1130 *mancomún:* «La unión de dos o más personas a la satisfacción u ejecución de alguna cosa» *(Dicc. de Aut.).*
1146 *ahorcar el voto:* «romper el voto».

D. TELLO. Y en todo el mundo.
D. DIEGO. Eso no;
que sería mentir yo
si dijera mal de mí.
D. TELLO. Tampoco os digo eso yo.
D. DIEGO. Pues si yo tengo buen talle,
¿tengo de echar en la calle
la gala que Dios me dio?
D. TELLO. ¿Perderéis vos lo galán
por no alabaros modesto?
No os desairéis vos en esto,
que otros os alabarán.
D. DIEGO. Peor es eso que esotro.
D. TELLO. ¿No es mejor que aplauso os den?
D. DIEGO. Pues lo que a mí me está bien,
¿para qué lo ha de hacer otro?
D. TELLO. En otro os está mejor.
D. DIEGO. Y si callan en mi mengua,
¿para qué tengo yo lengua?
MOSQUITO. Para ir a Roma, señor.
D. DIEGO. ¿Yo a Roma? ¿Por qué accidente?
MOSQUITO. A absolveros.
D. DIEGO. Bien, por Dios.
¿Maté yo alguien?
MOSQUITO. No; que vos
de todo estáis inocente.
D. MENDO. Señor, tu atención se apura,
y es en vano refrenalle.
D. TELLO. [*Aparte.*] Y ignorancia en mí irritalle
por tan ligera locura.
¿Qué importará que él se alabe
de galán, para que Inés
desprecie el noble interés
que por su sangre le cabe?
Resístanlo o no sus pechos,
pues conviene a sus recatos,
he de hacer que los contratos

[1174] Alusión al proverbio: *Quien tiene lengua a Roma va.* (cfr. Correas).

esta noche queden hechos.—
Hijos, yo voy a sacar
vuestros despachos. Adiós,
que aquesta noche los dos
os habéis de desposar,
porque estiméis a mi amor
lo mismo que él os estima.

D. DIEGO. Eso, estímelo mi prima,
que es a quien le está mejor.

D. TELLO. Tú, Mosquito, ten cuidado
de acompañarlos. *Vase.*

MOSQUITO. Si haré;
Yo los acompañaré,
como canten ajustado.

D. DIEGO. Muy cansado está mi tío.

D. MENDO. Por viejo está impertinente.

MOSQUITO. [*Aparte.*] Aquí entro yo brava-
[mente.—
¿No hay más hablar, señor mío?

D. DIEGO. Mosquito, ¿qué hay?

MOSQUITO. [*Hablan aparte.*] Que he informado
a la condesa de suerte,
que a instantes espera verte.

D. DIEGO. ¿Qué dices?

MOSQUITO. Que te ha alabado
de modo, que me ha pedido
que yo te lleve a su casa.
Pero tú de lo que pasa
no te has de dar por sabido,
sino fingir un intento
con que irla a visitar;
que en viéndote, no hay dudar
que se cuaje el casamiento.

D. DIEGO. Pues cairá.

MOSQUITO. Eso para *nobis.*

D. DIEGO. ¡Sólo de oírlo se incita!

1206 Frase elíptica por falta de *que.* Lo mismo ocurre en 1217, *no hay dudar.*

1219 *cairá:* el grupo *ae,* átono o tónico, a veces se reduce a *ai* (cfr. Lapesa, *Historia,* pág. 299).

Pues ¿qué hará la condesita
en viéndome el *coramvobis*?

MOSQUITO. Pues si tomas mi consejo,
ve luego.

D. DIEGO. Eso quiero hacer.
Mas antes he de volver
a repasarme al espejo.
Espérame aquí.—

D. MENDO. Mirad
que están mis primas aquí.

D. DIEGO. ¿Me han visto?

D. MENDO. Pienso que sí.

D. DIEGO. No importa, con brevedad
dellas me despediré.
Espérame tú allá fuera.

MOSQUITO. Pues dispónlo de manera
que vamos luego.

D. DIEGO. Sí haré.

MOSQUITO. [*Aparte.*] Voy a avisar a Beatriz
por que se ponga en adobo;
que ha de tragar este bobo
la condesa fregatriz. *Vase.*

Salen LEONOR *e* INÉS

D.ª LEONOR. Aquí está don Diego, hermana.

D.ª INÉS. Pues yo me quiero volver;
que ansí le doy a entender
lo que ha de saber mañana. *Vase.*

D. MENDO. Nunca el sol tarde salió
a quien con su luz da vida.

D.ª LEONOR. A vuestra fe agradecida,
por mí antes saliera yo.

D. MENDO. Con vuestra gracia mi amor,
de méritos tan desnudo,

1222 *caramvobis:* «Equivale a presencia buena y grave; y así del que es buen hecho y de buen talle» *(Dicc. de Aut.).* La *Parte diez y ocho* divide la palabra en dos: *caram vobis.*

1234 *vamos:* por «vayamos».

sólo mereceros pudo
tan venturoso favor.

D.ª LEONOR. Supuesto, don Mendo, el trato
de mi padre, a vuestro amor
debe mi agrado el favor
que permite mi recato.

D. DIEGO. Si eso a vos, señora, os mueve,
¿mi prima quiere enojarme?
¿Por qué no viene a pagarme
los favores que me debe?

D.ª LEONOR. Está indispuesta.

D. DIEGO. ¿De qué?

D.ª LEONOR. Saliendo aquí, de repente
le dio agora un accidente.

D. DIEGO. ¡Miren si lo adiviné!
Dila por el corazón;
y es preciso que esto sea,
y de otra vez que me vea
ha de pedir confesión.

D. MENDO. ¿Y de eso no te lastimas?

D. DIEGO. Pues ¿tengo la culpa yo?

D. MENDO. Pues ¿quién lo hace, si vos no?

D. DIEGO. Mi talle, que es mata-primas.

D. MENDO. [*Aparte.*] ¡Que en este error tan cerrada
esté su imaginación!

D. DIEGO. Digo: ¿el mal de corazón
la dejó muy apretada?

D.ª LEONOR. No ha tenido ella ese mal.

D. DIEGO. Pues ¿qué mal ha padecido?

D.ª LEONOR. No estar buena.

D. DIEGO. ¿Y eso ha sido
causa de retiro tal?

D.ª LEONOR. Pues ¿no es bastante el tener
alguna indisposición?

D. DIEGO. ¿Cómo es eso? Con la unción
había de venirme a ver.

1261 *accidente:* «Llaman los médicos la enfermedad o indisposición que sobreviene y acomete, o repentinamente, o causada de nuevo por la mala disposición del paciente» *(Dicc. de Aut.)*.

D.ª LEONOR. A tan necia grosería
y delirio tan extraño
castigará el desengaño
que recataros quería;
y agora os haré saber
que mi hermana está muy buena,
y por no darse esa pena
no os quiere salir a ver.
Y aquí, para entre los dos,
dejad empresa tan vana,
porque es cierto que mi hermana
no se ha de casar con vos.
D. DIEGO. [*A* DON MENDO.]
¡Miren el diablo, la gana
por donde brota el humor!
D. MENDO. ¿Qué dices?
D. DIEGO. Que la Leonor
tienes celos de su hermana.—
Y aqueso de «entre los dos»
¿es cierto?
D.ª LEONOR. Esperadlo a ver.
D. DIEGO. Digo, y ¿es eso querer
tratar de pescarme vos?
D.ª LEONOR. El que de necio la pierde,
no ofende la estimación.
D. DIEGO. [*A* DON MENDO.]
¿No lo escucháis? Celos son,
con su puntica de verde.
D. MENDO. Si hacéis favor del desdén,
bien descansado vivís.
D. DIEGO. Pues si vos lo consentís,
yo lo consiento también.
D.ª LEONOR. Señor don Diego, si fuera
sin mi padre vuestro intento,
por risa y divertimiento
la ignorancia os permitiera;
porque no puede haber cosa

1306 *con su puntica de verde:* «en su primera etapa».

que más pueda deleitar
que veros disparatar
en vanidad tan graciosa.
Pero no pudiendo hacer
por él desprecio de vos,
por mi hermana, o por las dos,
pues nos llegáis a ofender,
os advierto que en secreto
desistáis la pretensión,
o llegaréis a ocasión
de ajaros más el respeto.

D. DIEGO. ¿Pensáis doblarme? Pues no;
que eso, por lo que sentís,
vos sola me lo decís.

Sale D.ª INÉS

D.ª INÉS. No lo digo sino yo.

D. DIEGO. Oigan el demonio: estotra
lo ha estado oyendo, a la cuenta,
y sale también celosa.
Si se arañan es gran fiesta.

D.ª INÉS. Señor don Diego, si el lustre
de la sangre que os alienta
a su misma obligación
se sabe pagar la deuda,
ninguna puede ser más
que la que agora os empeña,
pues una mujer se vale
de vuestro amparo en su pena.
La dificultad está,
para que más os suspenda,
en que, siendo contra vos,
os pido a vos la defensa.
Mas cuanto puedo deberos
os pago en querer atenta
que, si habéis de ser vencido,
vuestro el vencimiento sea.
Mi padre, señor don Diego,

a cuya voz tan sujeta
vivo, que por voluntad
tiene el alma mi obediencia,
trató la unión de los dos
tan sin darme parte della,
que de vos y del intento
al veros tuve dos nuevas.
Casarme sin mí es injusto;
mas dejo aparte esta queja,
porque al blasón de obediente
tiene algún viso de opuesta.
La aversión o simpatía
con que se apartan o acercan
las almas pende en el cielo
de influjo de sus estrellas.
Ésta es más o menos grave,
según es más la violencia
de los astros que la influyen
o la sangre en que se engendra;
de donde la inclinación
no puede ser acción nuestra,
pues sin albedrío un alma
o se inclina o se desdeña.
Siendo ansí, cuando yo os diga
que mi inclinación no es vuestra,
no os ofendo en la razón,
aunque en el gusto os ofenda.
Esto supuesto, señor,
no sólo eso el alma os niega,
mas a mi pecho y mis ojos
hace horror vuestra presencia.
Desde el instante que os vi
discurrió un hielo en mis venas,
a que no halla el alma amparo,
más que el que de vos intenta.
Y advertid que ya os declaro
mi aversión con tal llaneza,

1359 *sin mí:* «sin que yo lo consienta».
1376 La *Parte diez y ocho* dice *verestra.*

porque antes he prevenido
que la inclinación no es nuestra;
y estoy a vuestro decoro
y a vuestro amor tan atenta,
que os di primero el escudo
por no ofender con la flecha.
Casarme con vos, don Diego,
si queréis, ha de ser fuerza;
pero sabed que mi mano,
si os la doy, ha de ser muerta.
De caballero y de amante
faltáis, don Diego, a la deuda
si, sabiendo mi despecho,
vuestra mano me atropella.
De caballero, porque,
por gusto o por conveniencia,
no hacéis precio de la vida
de una mujer sin defensa;
de amante, porque en tal caso
corre el cariño perezas,
y aquí, sin mi voluntad,
queda agraviada la vuestra.
Vencer mi aborrecimiento
o mi desdén, si lo fuera
con porfías y festejos,
fuera garbosa fineza;
pero valeros de un medio
donde no está la violencia
de parte de vuestro amor,
sino de quien me sujeta,
y arrastrarme sin vencerme,
es acción tan descompuesta,
que aja la galantería,
el amor y la nobleza.
Luego en dejarme, aunque ahora
mi sentimiento os lo ruega,

1400 *a la deuda:* «debido a», «a causa de».

1418 es decir, la voluntad de su padre que la hace casarse con don Diego.

más garbo en vos que en mi alivio
vuestro decoro interesa.
Pero aunque destas razones
pudiera bastar cualquiera,
no quiero yo que esta acción
hagáis por ninguna déstas,
sino porque yo os lo pido,
que pues la acción es la mesma,
no os quiero yo malograr
el mejor fin que hay en ella.
Vos, don Diego, habéis de hacer
a mi padre resistencia,
y escoged vos en la causa
la razón que más convenga.
Aborrecedme, injuriadme,
que yo os doy toda licencia
para tratar mi hermosura
desde desgraciada a necia.
Despreciadme vos a mí,
que yo os doy palabra cierta
de tenéroslo por bien,
aunque sepa que es de veras.
Esto os pido, y el secreto
que requiere acción como ésta;
pues por último remedio
a vos mi dolor apela.
Haced cuenta que una dama
a vencer otro os empeña,
que es lance que no le puede
excusar vuestra nobleza.
Teneos vos para venceros
por otro en la competencia,
y lograd, de vos mandado
a vos vencido, la empresa.
Que si por el gran contrario
más la vitoria se precia,
vos no podéis escoger
enemigo de más prendas.
Sabed, don Diego, una acción

que es por entrambos bien hecha:
por mí, porque yo os lo pido;
por vos, porque en vos es deuda.
Y advertid que yo a mi padre,
por la ley de mi obediencia,
para cualquiera precepto
el «sí» ha de ser mi respuesta.
Si vos no lo repugnáis,
yo no he de hacer resistencia,
y si deseáis mi mano,
desde luego será vuestra;
pero mirad que os casáis
con quien, cuando la violentan,
sólo se casa con vos
por no tener resistencia.
Y ahora vuestra hidalguía,
o el capricho, o la fineza,
corte por donde quisiere,
que, cuando pare en violencia,
muriendo yo acaba todo,
pero no vuestra indecencia,
pues donde acaba mi vida
vuestro desdoro comienza.

D. DIEGO. [*Aparte.*] ¿Pudo el diablo haber pensado
más graciosísima arenga
para disfrazar los celos,
y está dellos que revienta?—
Señora, todo ese enojo
nace, con vuestra licencia,
de celos que os da Leonor.
Si teméis que yo os ofenda,
os engañáis, ¡juro a Dios!,
que, ¡por vida de mi abuela!,
y ansí Dios me deje ver
con fruto unas viñas nuevas,
que plantó mi padre en Burgos,
que es lo mejor de mi hacienda,

1494 La *Parte diez y ocho* tiene *ofendo* en vez de *ofenda*.

como yo nunca le he dicho
de amor palabra, ni media,
que ella es la que a mí me quiere,
y si no, dígalo ella.

D. MENDO. Tener no puedo la risa
de tan graciosa respuesta.

D.ª LEONOR. Hermana, este hombre no tiene
sentido, y en vano intentas
que se reduzga a razón.

D.ª INÉS. Sean celos o no sean,
señor don Diego, yo os pido,
porque una dama os lo ruega,
que aquí me deis la palabra
de hacer por mí esta fineza.

D. DIEGO. [*Aparte.*] No haré yo tal hasta ver
cómo pinta la condesa.—
Señora, eso es una cosa
que es para dormir sobre ella.
Yo me veré bien en ello
para daros la respuesta,
que aquí tengo yo un agente
que es quien mejor me aconseja.

D.ª INÉS. Pues ¿qué hay que pensar en esto
para que nadie os advierta?

D. DIEGO. Pues ¿no queréis que me informe
si puedo hacerlo en conciencia?

D.ª LEONOR. ¡Hay más raro desatino!

D. DIEGO. [*A* D.ª LEONOR.]
Eso es porque vos quisierais
que respondiera que sí,
para verme libre della
y echarme luego la garra.

D.ª INÉS. Ya vuestra locura necia

1501 En la *Parte segunda: como yo nunca la he dicho.*

1509 Ambas *Partes* utilizan esta forma común de la época.

1516 *pintar:* «empezar a mostrarse la calidad buena o mala de alguna cosa» *(Dicc. de Aut.).*

1532 En la *Parte segunda: Ya vuestra...*; la *Parte diez y ocho* dice: *La vuestra...*

pasa el término de loca,
y a mí que hacer no me queda
más que volver a advertiros
que cuanto os he dicho atenta
os lo repito ofendida;
y si tras esta advertencia
os queréis casar conmigo,
aunque mi sangre os alienta,
sois hombre indigno de honor.
Pensad o no la respuesta. *Vase.*

D. DIEGO. ¿Qué llama indigno? Escuchad.

D.ª LEONOR. Eso, don Diego, es perderla
de muchas veces. Haced
lo que Inés os aconseja,
o en mayor desaire vuestro
parará su resistencia. *Vase.*

D. DIEGO. ¿Desaire?

D. MENDO. Tened, don Diego:
un hombre noble ¿qué espera
oyendo este desengaño?

D. DIEGO. Hombre, ¿no ves que te quemas,
y Leonor, porque me adora,
es quien causa esta revuelta?

D. MENDO. ¡Vive Dios, que es imposible
sacarle de la cabeza
esta aprehensión! —Pues, don Diego,
¿en qué conocéis que tenga
fundamento ese cariño?

D. DIEGO. ¿Hay más graciosa simpleza?
Bueno sois para marido
si no entendéis esta lengua.
Pues ¿no veis que hablan los ojos

1540 *mi sangre os alienta:* por ser primos hermanos, tienen la misma sangre.

1549-1576 Es interesante notar en este diálogo entre dos primos el cambio de la segunda persona singular a la segunda persona plural. Don Diego, en el verso 1552, dice a don Mendo tuteándole *no ves que te quemas* y luego cambia a *vos: Bueno sois para marido / si no entendéis*... Este tipo de mezcla es muy corriente en el teatro de la época y se da en todos los autores.

y la Leonor está muerta?
Si no es que vos, por casaros,
no miráis delicadezas.

D. MENDO. ¡Vive Dios!, que a no saber
que habla la ignorancia vuestra
más que la malicia en vos,
desta sala no salierais
sin ser el último aliento
necedad tan desatenta.
Pero pues es incurable
vuestra locura, ella mesma
de tanta desatención
la que os dé el castigo sea. *Vase.*

D. DIEGO. ¿Hay tonto como mi primo?
Pero a mí, allá se lo avenga.
Yo me voy a ver si puedo
derribar esta condesa,
y si no saliera cosa,
fijas las dos primas quedan.
Yo escogeré entre las dos,
y, cuando todas me quieran,
a más moros, más ganancia,
que el turco tiene trescientas. *Vase.*

[Sala en casa de la CONDESA.]

Salen BEATRIZ, *de condesa viuda,* MOSQUITO *y una* CRIADA

BEATRIZ. ¿Qué me dices, Mosquito, vengo buena?
MOSQUITO. Beatricilla, estás hecha una azucena.
BEATRIZ. De condesa viuda tengo aseo.
MOSQUITO. Puedes ser la viuda de Siqueo.
CRIADA. Y no tema que en nadie duda deje.
MOSQUITO. ¿Qué llama duda? La creerá un hereje.
CRIADA. Eso importa ocultallo a los criados,

1586 Es decir, trescientas mujeres.
1590 La reina Dido de Cartago era la viuda de Siqueo.

y sólo los que estamos avisados
lo habemos de saber.
MOSQUITO. Claro está eso.
Beatricilla, cairá como con queso.
BEATRIZ. Y ¿dónde está?
MOSQUITO. A la puerta le he dejado,
y, fingiendo yo entrar con el recado,
subí a ver si ya estabas prevenida,
y me ha admirado el verte ya vestida,
que apenas ha un instante
que desde casa te envié delante.
BEATRIZ. Rabio yo por lograr tan buenos ratos.
MOSQUITO. Seis veces se ha limpiado los zapatos.
BEATRIZ. Llámale, pues, que muero por ha-
[blallo.
MOSQUITO. Mira, Beatriz, si quieres acertallo,
cuanto hablares sea escuro y sea confuso.
Habla crítico agora, aunque no es uso;
porque si tú el lenguaje le revesas,
pensará que es estilo de condesas;
que los tontos que traen imaginado
un gran sujeto, en viéndole ajustado
a hablar claro, aunque sea con conceto,
al instante le pierden el respeto,
y en viendo que habla voces desu-
[sadas,
cosas ocultas, trazas intrincadas,

1600 Por errata en la *Parte diez y ocho: Y me has admirado el verte ya vestida.*

1607 En la *Parte diez y ocho* se lee *cuanto hablares sea escuro y confuso.*

escuro: por analogía con las palabras que empezaban por *s-* líquida latina que añaden una *e- (stare > estar)* el fenómeno se extendió a otras vocales átonas que precedían la *s-* más consonante *(descurum >* oscuro, escuro).

1608 *Hablar crítico* significa hablar «con afectación usando frases y palabras obscuras y poco usadas» *(Dicc. de Aut.).*

1613 *conceto* por *concepto* para rimar con respeto. El sentido aquí es el de «agudeza».

para dar a entender que lo comprehenden,
le dicen que es gran cosa y no la entienden.
Conque si le hablas culto prevenida,
te tendrá por condesa, y entendida.

BEATRIZ. Pero si él me pregunta algo corriente,
forzoso es reponderle vulgarmente.

MOSQUITO. De ningún modo, que ése no es su paso.

BEATRIZ. Y si él pregunta «¿Cómo estáis?», acaso,
¿qué le he de responder?

MOSQUITO. En garatusa:
«Libidinosa, crédula y obtusa.»

BEATRIZ. Pues ¿qué ha de entender él, si eso no es [nada?

MOSQUITO. Acaso entenderá que estás preñada.

BEATRIZ. Déjame a mí, que yo sabré hablar culto
cuando importe, que no ha de ser a [bulto.

MOSQUITO. Pues él viene hacia acá, voy a sacalle,
que aquí don Juan también ha de escu- [challe.

Sale DON DIEGO

D. DIEGO. [*Al paño.*] Mosquito, ¿estás aquí?

MOSQUITO. ¿No ves
que es la que está en esta pieza?

D. DIEGO. ¿Es ésta? ¡Rara belleza
descubre por el envés!

BEATRIZ. ¿Quién anda en los corredores?—
Míralo, Isabel.

1617 *comprehenden:* Otro caso de grafía culta que no cambia la pronunciación.

1619 *culto:* «Por abuso se aplica al estilo afectado, y a la persona que usa de voces peregrinas y poco inteligibles, huyendo de la pureza que debe tener un buen estilo» *(Dicc. de Aut.).*

1623 *paso:* manera de hacer cosas.

1625 *garatusa:* «Caricia, fiesta, halago con acciones y palabras» *(Dicc. de Aut.).*

1632 En la *Parte diez y ocho* por errata *que aquí don Juan también está escuchando.*

D. DIEGO. Ya ha hablado.
Hasta el tono es delicado.
En fin, manjar de señores.
CRIADA. ¿Quién es?
D. DIEGO. Respóndele apriesa.
MOSQUITO. Diga usted cómo don Diego,
mi señor, quisiera luego
ver a mi sa la condesa.
CRIADA. Ya la tenéis avisada.
Entre.
D. DIEGO. [*Sale.*] El norte lo asegura.
CRIADA. [*Aparte.*] ¡Jesús, qué extraña figura!
D. DIEGO. Ya ha caído la criada.—
Mosquito, ¿ves lo que pasa?
Todo caerá.
MOSQUITO. Aqueso es llano;
mas, señor, vete a la mano,
no caiga también la casa.
D. DIEGO. El cielo guarde esa aurora.
BEATRIZ. La vuestra sea bien venida.
D. DIEGO. [*Aparte a* MOSQUITO.]
No he visto en toda mi vida
mejor bulto de señora.
BEATRIZ. ¿Qué intento os lleva neutral
a mis coturnos cortés?
D. DIEGO. [*Aparte.*] ¡Jesús, cuál habla! Esto es
estilo de sangre real.—
Señora, bueno he venido.
MOSQUITO. Qué quieres te preguntó.

1639 La *Parte diez y ocho* tiene *tomo* en vez de *tono.*

1641 La *Parte diez y ocho* dice *aprisa* pero la rima exige *apriesa.* Las dos variantes se utilizan según la exigencia de la rima.

1644 *mi sa:* «mi señora».

1646 Lo que el norte es para la brújula, la Condesa es para don Diego.

1650 *aqueso:* es la forma reforzada del demostrativo.

1651 *vete a la mano:* en el sentido de «ten cuidado».

1653 *aurora:* por «belleza».

1657-1658 El ridículo hipérbaton «culto» para impresionar a don Diego.

D. Diego. Estar bueno quiero yo;
luego bien he respondido.
Beatriz. [*Aparte.*] De risa me estoy cayendo,
y disimular no sé.
D. Diego. [*Aparte a* Mosquito.] También me parece [que
va la condesa cayendo.
Beatriz. En fin, ¿venís rutilante
a mi esplendor fugitivo
para ver si yo os esquivo
a mi consorcio anhelante?
D. Diego. [*Aparte.*] ¿No ves, Mosquito, al hablarme,
con qué gracia me enamora?
Mosquito. Pues ¿qué es lo que dijo agora?
D. Diego. Todo aquesto es alabarme.—
Si yo aquí os he parecido
como vos significáis,
cierto que no lo arriesgáis,
porque soy agradecido.
Beatriz. Explicaos de una vez.
D. Diego. Hablaros de espacio intento.
Beatriz. Pues apropincuad asiento.
D. Diego. [*Aparte.*] Mosquito, ya pica el pez.
Mosquito. Ya yo le he visto tragar.
D. Diego. Yo soy cebo de mujeres.
Mosquito. Ahora digo que tú eres
linda caña de pescar.
D. Diego. Hablarla importa con frases
de un estilo levantado.
Mosquito. Sí, que el estilo acostado
es para cuando te cases.—
D. Diego. Vuestra fama sonorosa,
con curso, no de estudiante,
sino de trompa volante...
[*Aparte a* Mosquito.] ¡Bravo pedazo de [prosa!

1675 Ambas *Partes* dan *dijo* con el sentido de *ha dicho*.
1694 *curso de estudiantes:* «muy lentamente» (cfr. Bruce W. Wardropper, *Teatro español del Siglo de Oro,* Nueva York, 1970, página 888).

MOSQUITO. Bueno va; adelante pasa.
D. DIEGO. ... desde Burgos me ha traído
a daros en mí un marido
que sea honor de vuestra casa.
BEATRIZ. Súbito, no meditado,
vuestro pretexto colijo.
MOSQUITO. [*Aparte a* DON DIEGO.]
¿Qué es lo que agora te dijo?
D. DIEGO. Que lo aceta de contado.
Della desde hoy no me aparto.
MOSQUITO. Pues ¿no te lo dije yo?
D. DIEGO. Luego vi que el pez picó.
MOSQUITO. ¿Qué hará en viendo que es lagarto?—
BEATRIZ. Algo de bobería en vos
presumo en cándido pecho.
D. DIEGO. [*Aparte a* MOSQUITO.]
¡Jesús, qué favor me ha hecho!
Buena pascua te dé Dios.
MOSQUITO. *Aparte.* De risa el tonto me apura.—
Prosigue, que ya está tierna.
D. DIEGO. Ahora me alabó la pierna.—
Pues si vierais mi cintura
por dentro, os admirara
su medida tamañita,
porque a mí el sastre me quita
dos dedos de media vara.
MOSQUITO. En eso no hay que dudar.
D. DIEGO. Y aun me la achica después.
MOSQUITO. Mas la media vara es
de vara de torear.
D. DIEGO. Eso, en torear, no hay hombre
como yo. Con un jaez
en Burgos salí una vez,
y tembló el toro mi nombre.

1704 *de contado:* «al instante», «inmediatamente».
1708 *lagarto:* «hombre pícaro, taimado».
1719-1724 *La media vara* que don Diego menciona en el verso 1720 es para lucirse de su talle bien proporcionado. Mosquito se burla de él diciendo *media vara de torear* que es mucho más larga (1,68 m.) que la vara normal que mide unos 83 cm.

Yo me anduve por allí
en la plaza hecho un Medoro
y no osó llegarse el toro
a treinta pasos de mí.

MOSQUITO. ¡Bravas suertes!

D. DIEGO. Y hasta el fin
ningún rocín me mató.

MOSQUITO. Pues si a ti no te alcanzó,
seguro estaba el rocín.

D. DIEGO. Paréceme que un poquito
vos estáis de mí pagada.

BEATRIZ. Adusta, si no implicada.

D. DIEGO. [*Aparte.*]
Toma si escampa, Mosquito

MOSQUITO. [*Aparte.*] ¡Jesús! A Beatriz aprisa
señas le haré por detrás,
porque si esto dura más
he de reventar de risa.

BEATRIZ. Remito, por lo que expreso,
la locución otro día. *Levántase.*

D. DIEGO. ¿En efeto seréis mía?

BEATRIZ. Cogitación habrá en eso.

D. DIEGO. Ése sí al alma regala.

BEATRIZ. Pensáislo con juicio agreste.

D. DIEGO. [*Aparte a* MOSQUITO.]
¡Mira qué favor aquéste!
¡Ah, bien haya aquesta gala!

BEATRIZ. Adiós.

D. DIEGO. Hasta nuestras bodas.

CRIADA. [*Aparte.*] ¡Bravo tonto!

BEATRIZ. Ya os entiendo. *Vanse.*

D. DIEGO. La mujer se va cayendo;

1730 *Medoro:* el guapo y valiente moro que Ariosto describe en el canto XIX de su *Orlando furioso.*

1735 Le llama *rocín* a don Diego.

1738 *pagar:* en el sentido de «complacer», «agradar» (cfr. *Dicc. de Aut.).*

1740 *escampar:* «dejar de oponerse».

1746 En ambas *Partes* la acotación *levántese* sigue el verso 1744.

pero lo mismo hacen todas.

MOSQUITO. [*Aparte.*] Lográronse mis cuidados.—
¿Qué dices de aquesta empresa?

D. DIEGO. Que la mujer es condesa
de todos cuatro costados.

MOSQUITO. [*Aparte.*] Ahora entra aquí don Juan
para acreditar el caso.—
Señor, si esto va a este paso,
tus dos primas ¿qué dirán?

D. DIEGO. *Volaverunt.*

MOSQUITO. Yo querría
que lo sepas recatar.

D. DIEGO. Ya bien puedes empezar
a llamarme señoría.

D. JUAN. *Dentro.* ¿Hola? ¿Mateo? ¿Benito?
¿No hay algún criado aquí?
¿Qué modo es éste?

MOSQUITO. ¡Ay de mí!

D. DIEGO. ¿Qué es esto?

MOSQUITO. ¡Cristo bendito!
Don Juan, eso que no es nada,
primo de aquesta señora,
y celoso.

D. DIEGO. ¿Eso hay agora?
Pues requeriré la espada.

MOSQUITO. Y ¿qué hemos de hacer con eso?

D. DIEGO. ¡Voto a Dios si me habla en nada,
que a la primer cuchillada
le rebane como queso!

MOSQUITO. ¿Qué, eres valiente?

D. DIEGO. Los chinos
son enanos para mí.

1756 Por errata en la *Parte diez y ocho* y la *Parte segunda: todos.*

1765 *volaverunt:* «volaron» — es decir, que ya no le interesan las primas. En la *Parte diez y ocho: Bolaverum.*

1781 Los chinos eran proverbialmente valientes (cfr. Moreto, *El lindo don Diego,* ed. Narciso Alonso Cortés, Madrid, 1950, página 68).

MOSQUITO. ¡Ay, Madre de Dios, que aquí
se matan como cochinos!

Sale DON JUAN

D. JUAN. Siempre en casa ha de haber priesa...
Pero, don Diego, ¿aquí estáis?
Pues ¿qué en la casa buscáis
de mi prima la condesa?
D. DIEGO. ¿Yo?
D. JUAN. Sí.
D. DIEGO. No lo puedo creer.
¿A mí?...
D. JUAN. ¿No habéis escuchado?
D. DIEGO. [*Aparte.*] ¡Vive Dios, que me he turbado
y no sé qué responder!
D. JUAN. ¿No habláis?
MOSQUITO. Yo, señor, de un tiro
con mi señor iba al Prado,
y aquí nos hemos topado
por la plaza del Retiro.
D. DIEGO. [*Aparte a* MOSQUITO.] ¿Qué haces?
MOSQUITO. El diablo lo fragua.
¡De quien me parió reniego!
D. JUAN. ¿Por qué no me habláis, don Diego?
MOSQUITO. Tiene la boca con agua.
D. JUAN. ¿Qué dices?
MOSQUITO. Que él iba aprisa,
y se entró aquí.
D. JUAN. ¿A qué se entró?
MOSQUITO. Yo... cuando... sí... ¿qué sé yo?
Los dos íbamos a misa.
D. JUAN. ¡Villano! ¿Es eso burlar
de mí?
D. DIEGO. [*Aparte.*] Ya yo me cobré,
y ansí lo remediaré.—
Don Juan, yo os vengo a buscar.

1794 *Prado:* una de las calles de Madrid.
1796 *Retiro:* el famoso parque en el centro de Madrid.

D. JUAN. ¿Vos a mí?
D. DIEGO. A solas os quiero.
D. JUAN. Pues por mí, yo solo estoy.
D. DIEGO. Pues vete tú.
MOSQUITO. Ya me voy.
[*Aparte.*] Clavóse este majadero. *Vase.*
D. JUAN. Ya estamos solos.
D. DIEGO. Don Juan,
yo me caso con mi prima,
que, aunque ella no me merezca,
en efeto, ha de ser mía.
Yo, en efeto, como digo,
vengo aquí, porque en mi vida...
[*Aparte.*] ¡Por Dios, que he perdido el [hilo
de lo que decir quería!
D. JUAN. Proseguid.
D. DIEGO. Ya voy al caso;
la memoria es quebradiza.
Desde Burgos a Madrid
hay cuarenta leguas chicas...
Pienso que hay más... No, no hay [tantas.
D. JUAN. Pues eso ¿a qué se encamina?
D. DIEGO. Las leguas ¿no son del caso?
D. JUAN. Pues el camino ¿a qué tira?
D. DIEGO. ¿Tan poco importa el camino?
D. JUAN. Pues ¿qué importa?
D. DIEGO. ¿Esto no estriba
en resolución? Pues alto.
Señor mío, yo quería
saber de vos a qué intento
entráis en cas de mi prima.
D. JUAN. Pues ¿por qué lo preguntáis?
D. DIEGO. ¿Por qué? ¡La duda es muy linda!
Porque he de ser su marido.

1812 *clavóse:* vale «está perdido».
1834 *cas:* apócope de *casa* para mantener el requerido número de sílabas.

D. JUAN. *Aparte.* ¡Vive Dios, que la salida
que ha buscado, aunque el engaño
que yo deseo acredita,
pues lo hace por deslumbrarme,
a un grave empeño me obliga,
que aunque es necio es caballero!

D. DIEGO. ¿No habláis? ¿Me dais con la misma?
Pues yo esto vengo a saber.

D. JUAN. La pregunta es tan indigna,
que no merece respuesta;
pero si ha de ser precisa,
yo os la daré.

D. DIEGO. No, tened,
que yo tengo en esta villa
más de cuatrocientas damas
que a mi casamiento aspiran.
Yo os lo digo por si acaso
vuestro amor a Inés se inclina,
que yo alzaré mano della,
porque vuestra bizarría
me ha enamorado, y no quiero
que os dé mi boda un mal día.

D. JUAN. Yo os digo que no os respondo.

D. DIEGO. Según eso, ¿vuestra mira
no debe ser a Inés,
sino a Leonor?

D. JUAN. Esa misma
es la pregunta pasada,
que ya tenéis respondida.

D. DIEGO. ¡Ah, cómo os di yo en el alma!
En los ojos se averigua.
Leonor es la que os abrasa.

D. JUAN. No hagáis vos respuesta mía
la que yo no os quiero dar,
y si el negarlo os irrita,
ya os digo...

D. DIEGO. No os enojéis,

1844 *me dais con la misma:* es decir, con el silencio.
1862 En la *Parte diez y ocho,* por errata: *esa missa.*

que aquesto, ¡por vida mía!,
es querer ser vuestro amigo.

D. JUAN. Mi voluntad os lo estima;
mas no hablemos más en esto.

D. DIEGO. Mi duda está concluida.
Quedad con Dios.

D. JUAN. Él os guarde.

D. DIEGO. Y entended que en mi caricia
tenéis el lugar de un primo.

D. JUAN. Deuda es de mí agradecida.

D. DIEGO. [*Aparte.*] No es nada el equivoquillo.
Mi ingenio es todo una chispa.—
Quedaos, no paséis de aquí.

D. JUAN. No me excuséis que yo os sirva.

D. DIEGO. Yo os iré sirviendo a vos.

D. JUAN. Yo he de lograr esa dicha.

D. DIEGO. [*Aparte.*] ¡Ah, qué bien que se la pego!

D. JUAN. [*Aparte.*] Ya él me ha creído la prima.
Vanse.

[Zaguán en casa de DON TELLO]

Sale MOSQUITO *y* BEATRIZ *de criada*

MOSQUITO. Dame cuatro mil abrazos,
ingeniosa Beatricilla,
que has hecho el papel mejor
que pudiera Celestina.

BEATRIZ. ¿Parecía yo condesa?

MOSQUITO. ¿Qué es condesa? Parecías

1879 *lugar de un primo:* porque don Diego piensa casarse con la Condesa, que es prima de don Juan. Éste es el *equivoquillo* del verso 1881.

1892 *Celestina:* la célebre tercera de Fernando de Rojas que entre otras características tenía fama de embustera sin igual.

1894 *¿Qué es condesa?* Fórmula de admiración (cfr. la edición de Alonso Cortés de *El lindo don Diego,* pág. 72). También en *El desdén con el desdén,* ed. Francisco Rico, v. 1734: *¿Qué es cariño?*

fregona en paños mayores.
BEATRIZ. ¿Y si él creyó la postiza,
en qué ha de parar el cuento?
MOSQUITO. Pues eso ¿no lo imaginas?
En que te cases con él.
BEATRIZ. ¿Yo? ¡Madre de Dios bendita!
Primero fuera beata
de aquestas arrobadizas.
MOSQUITO. Calla, boba, que don Juan,
que es a quien le va la vida,
lo ha de pagar por entero,
y de la paga la liga
tomarás tú y yo la media.
BEATRIZ. Eso de la media explica,
porque tiene muchos puntos.
MOSQUITO. Entremos en casa aprisa,
que aquí en el zaguán estamos
a riesgo de una avenida.
BEATRIZ. Vamos, no me vea el viejo.
MOSQUITO. ¡Y hemos de entrarnos a frías?
¿No me darás un abrazo?
BEATRIZ. Y quince.
MOSQUITO. ¿Con eso envidas?

Sale DON DIEGO *y cógelos abrazados*

D. DIEGO. [*Aparte.*] Grande empresa he conseguido,
y escaparme fue gran dicha.
Pero ¿qué miro?
BEATRIZ. [*Aparte a* MOSQUITO.] ¡Ay, Dios mío!

1895 *paños mayores:* juego de palabras sobre lo opuesto: «paños menores».

1902 *arrobadizas:* del verbo *arrobar* que significa «quedarse pasmado y como asombrado y suspenso, pcr causa de una vehemente pasión y afecto del ánimo» *(Dicc. de Aut.).*

1906–1907 Juego de palabras sobre *la liga* y *la media,* indica que Mosquito piensa llevarse la mayor parte de la paga. Beatriz se da cuenta de su intención y se lo dice mencionando *muchos puntos* en relación con *la media.*

Don Diego, y a letra vista,
nos ha cogido.

MOSQUITO. ¡Jesús!

D. DIEGO. [*Aparte.*] O estoy loco o juraría
que es la condesa.
Dale a MOSQUITO.

BEATRIZ. ¡Villano!
¿Tú a mí engañarme querías?
¡Viven los cielos, traidor,
que en ti he de vengar mis iras!

MOSQUITO. [*Aparte.*] ¿Qué haces, mujer del demonio?

BEATRIZ. ¡Traidor! ¿Tú a engañarme ibas?
¡A una mujer de mi estado
le finges alevosías!

D. DIEGO. [*Aparte.*] ¡Viven los cielos, que es ella! —
Señora, pues, ¿qué os irrita
este pícaro, que os hallo
en una acción tan indigna
y en tan indecente traje?

BEATRIZ. Siendo vuestra la malicia,
¿lo dudáis, mal caballero,
que con aleves caricias
engañáis nobles mujeres?
¿Es bien robarme la vida,
prometiendo ser mi esposo,
estando con vuestra prima
para desposaros hoy?

D. DIEGO. Señora, ¿quién tal mentira
os ha dicho?— ¡Vive Dios, *Ap.*
que sabe ya la cartilla!

MOSQUITO. [*Aparte.*] ¡Remediólo bravamente!

BEATRIZ. Yo lo sé de quien me avisa
de todos vuestros engaños;
y por ver vuestra malicia
con mis ojos, he venido,
llena de ansias y fatigas,
disfrazada y sin respeto,
donde he sabido que es fija

1920 *a letra vista:* «públicamente y a la vista de todos» *(Dicc. de Aut.).*

la boda para esta noche.
MOSQUITO. [*Aparte.*] ¡Oh gran Beatriz, fondo en tía!
D. DIEGO. *Aparte.* No es nada lo que obra el talle.
Tomen si purga la niña.—
Señora, ¡viven los cielos!
que aunque está ya prevenida,
es sin mi consentimiento,
y porque quedéis vencida,
yo haré aquí un remedio breve.
BEATRIZ. ¿Cuál es?
D. DIEGO. Daros una firma
con tres testigos.
BEATRIZ. Pues yo,
¿qué he de hacer della, ofendida?
D. DIEGO. Sacarme por el vicario,
si este tío me da prisa.
MOSQUITO. Esto es peor, que en mentando
el ruin, es sentencia fija
que ha de cumplirse el refrán.
El viejo viene.
BEATRIZ. Sería
gran desdicha que me viera
en una acción tan indigna.
D. DIEGO. ¿Os conoce?
BEATRIZ. No, mas basta
que me vea.
D. DIEGO. Pues, aprisa,
escondeos.
BEATRIZ. ¿Dónde puedo?

1956 *Fondo en tía:* Wardropper en la edición citada tiene esta nota (pág. 890): «*Fondo en:* El símil está tomado de la fabricación de paños y es muy frecuente en la literatura de la época: 'un mancebo con fondos en tonto'...; 'el fondo es en majadero'...; (La nota de S. Gili Gaya en Mateo Alemán, *Guzmán de Alfarache,* Clásicos castellanos, IV, 191-192).» Como Beatriz protege el bienestar de doña Inés, y las tías tenían fama de ser protectoras de sus sobrinas, Mosquito alaba sus esfuerzos exclamando *fondo en tía.*

1969–1971 *El refrán* a que se refiere Mosquito es probablemente «Lupus in fabula» porque al mencionar don Diego a su tío, don Tello aparece.

D. Diego. Detrás desa puerta misma.
Beatriz. Todo es decente en un riesgo.
Mirad que mi honor peligra
en que ninguno me vea. *Vase.*
D. Diego. Si viniera Atabaliba
y Montezuma, no os viera
hasta costarme la vida.—
Disimula tú, y finjamos
que bajábamos de arriba.
Mosquito. Pienso que el viejo lo ha visto;
que trae aceda la vista.

Sale don Tello

D. Tello. ¿Don Diego?
D. Diego. ¿Tío y señor?
D. Tello. ¿Es deshecha esa alegría?
¿Paréceos acción decente
que en casa de vuestra prima
habléis con una mujer
tapada, la tarde misma
que con ella os desposáis?
D. Diego. ¿Yo mujer?
Mosquito. [*Aparte.*] ¡Ay, Beatricilla! ;
que aquí dio fin el enredo.
D. Tello. Negarlo es buena salida,
acabando yo de ver
que está en mi casa escondida.
D. Diego. Mirad, señor, que es engaño.
D. Tello. ¡Vive, Dios! , que si porfía
vuestro desacato, yo
la he de sacar.
D. Diego. Poca prisa;
porque esta caza es vedada,
y está la guarda a la mira.

1982–1983 *Atabaliba, Montezuma:* los últimos reyes de los incas y los aztecas respectivamente.
2005 En la *Parte diez y ocho* se lee *casa* en vez de *caza.*
2006 *estar a la mira:* «Observar con particular cuidado y atención» *(Dicc. de Aut.).*

D. TELLO. Pues ¿a mí me decís eso?
D. DIEGO. A vos y a vuestras dos hijas.
D. TELLO. ¿Yo no he de entrar en mi casa?
D. DIEGO. A eso, ni vos ni mi tía.
D. TELLO. Villano, ¡viven los cielos!,
que de tan grande osadía
tomaré satisfacción.
D. DIEGO. Aunque perdiera mil vidas,
no habéis de ver esta dama.

Empuñan las espadas.

D. TELLO. Pues yo haré que lo permitas.

Sale DOÑA INÉS *por la puerta del medio, y* DON JUAN *por otra*

D.ª INÉS. Padre y señor, ¿vos la espada?
D. JUAN. Don Tello, aquí está la mía.
D. TELLO. Para el castigo que intento
sobran armas a mis iras.
D. DIEGO. [*Aparte.*] ¡Esto es peor, vive el cielo!;
que si don Juan ve a su prima,
no tiene salida el lance.
D. TELLO. Villano, a esa mujercilla
sacaré yo deste modo.
D. DIEGO. [*Ap. a* DON TELLO.]
Detente, señor, y mira
que esta dama es de don Juan,
con mucho estrecho, y peligra
su honor y mi vida en esto.
D. TELLO. ¿Quién? ¿Esa dama?
D. DIEGO. Esta misma.
D.ª INÉS. [*Aparte.*] ¡Ah, traidor! ¿Qué es lo [que escucho?
¿Esto encubierto tenías?

2010 *ni mi tía:* «ni nadie»; el uso de *tía* para indicar otra persona indefinida proviene de los dichos: *A tu tía que te dé para libros* y *Contárselo a su tía* (cfr. *Dicc. de Aut.).*

2028 *estrecho:* «Estar puesto en estrecho, estar en necesidad y en peligro» (Covarrubias).

2030 La *Parte diez y ocho* dice: *¿Quién es esa dama?*

2032 La *Parte diez y ocho* da *enia* por *tenias.*

D. TELLO. [*Aparte.*] ¡Buena la intentaba yo!
Turbado me ha la noticia.—
¡Cuerpo de Dios! ¡No dijerais
que aquesa mujer venía
a ampararse a vos de un riesgo!
Llamadla, y idos aprisa,
que yo os guardaré la espalda.

[*Saca* DON DIEGO *a* BEATRIZ]

D. TELLO. Tapaos, señora; — y seguidla.
D. DIEGO. Señora, venid tras mí.
Perdonad, señora prima;
que yo con quien vengo vengo.
Vase con ella tapada, por delante dellos.
MOSQUITO. [*Aparte.*] Escapóse Beatricilla;
salto y brinco de contento.
Mas preciso es que la siga;
que librarla deste bobo
es acción no menos fina. *Vase.*
D. TELLO. [*Aparte.*] Detener yo ahora a don Juan,
porque no pueda seguilla,
será lo más importante. —
Don Juan, fuerza es que yo siga
a don Diego, por si acaso
en este empeño peligra.
Quedaos vos aquí.
D. JUAN. Eso fuera
faltar yo a la deuda mía,
sabiendo que va con riesgo.
D. TELLO. Es que para la acción misma
os he menester yo aquí.
D. JUAN. Siendo así, aquí está mi vida
para arriesgarla por vos.

[2040] La *Parte diez y ocho* y las demás ediciones que la siguen tienen *y seguidla.* Es errata como se ve en el verso siguiente cuando don Diego dice: *Señora, venid tras mí,* pero la rima no admite *seguidle* o *seguidlo.*

D. TELLO. Mi amistad de vos lo fía.
[*Aparte.*] Hasta que él esté seguro
le guardaré yo esta esquina. *Vase.*

D. JUAN. Inés, señora, a este lance
queda mi fe agradecida,
por hablarte con seguro.

D.ª INÉS. Si eso a engañarme camina,
ya no lo podrás, ingrato;
pues tu traición conocida,
por no dudarla, me ha puesto
el desengaño a la vista.

D. JUAN. ¿Qué es lo que decís, señora?
¿Yo traición? ¿En qué imaginas
que la tenga una fineza
que no hay luz que la compita?

D.ª INÉS. Pero hay luz que la descubra,
y a bien poca se averigua;
pues es tal tu desenfado,
que tienes dama tan fina
que, ofendiendo tu decoro,
a un hombre que no ha tres días
que está en Madrid, tus finezas
y su liviandad publica.

D. JUAN. Señora, ¡viven los cielos!
que, ajeno de esas malicias,
no puedo entender tu queja,
ni sé de qué se origina.

D.ª INÉS. Pues yo, no ajena, don Juan,
de tu traición fementida,
y ya más desesperada,
negándomelo a la vista
te lo diré, aunque al decirlo
mayor empeño se siga;
piérdase lo que se pierda,
donde se pierde mi vida:

2078-2084 Algunas ediciones, como las de Cortés y Wardropper, han cambiado *poca* (v. 2078) a *poco, tu* (v. 2079) a *su* y *publicas* (v. 2084) a *publica,* aunque el texto de la *Parte diez y ocho* es perfectamente inteligible.

esa dama que a su amparo
aquí a don Diego le obliga,
tú eres de quien la recata,
y ella de ti se retira;
y pues sabe un forastero
que es tan tuya, que peligra
hallándola tú con otro,
mira si es tu alevosía
tan recatada, que al verla
de mucha luz necesita.
Y sabiendo que la he visto,
sabrás que más en tu vida
no has de ponerte a mis ojos;
que yo, pues la culpa es mía
en dar el alma a un traidor,
pues mi suerte me castiga,
obedeciendo a mi padre,
me vengaré de mí misma.

D. JUAN. Oye, señora.

D.ª INÉS. Es en vano.

D. JUAN. Tente, por Dios.

D.ª INÉS. Más me irritas.

D. JUAN. Pues ¿no me oirás?

D.ª INÉS. ¿Qué he de oírte?

D. JUAN. Que ha sido ilusión.

D.ª INÉS. Mi dicha.

D. JUAN. ¿Quién te ha dicho esos engaños?

D.ª INÉS. Don Diego, que lo publica,
y yo que lo vi.

D. JUAN. ¿No sabes
su locura?

D.ª INÉS. Si porfías,
harás, don Juan, que en mi ofensa,
pase a despecho la ira. *Vase.*

D. JUAN. ¡Vive el cielo que este necio
ha de costarme la vida!
Iré a buscarle, y a ver
de dónde nace este enigma.

JORNADA TERCERA

[Calle]

Salen BEATRIZ, *tapada,* DON DIEGO *y* MOSQUITO

BEATRIZ. Ya será el pasar de aquí
arriesgarme a otro cuidado.
D. DIEGO. Compañía de ahorcado
no es, señora, para mí.
Yo os he de dejar segura
y sin lesión, ¡vive Dios!,
y hasta que lo estéis, con vos
he de ir a Dios y a ventura.
BEATRIZ. [*Aparte.*] Mosquito, ¿qué hemos de hacer
si él da en este desatino?
MOSQUITO. Aquí no hay otro camino
sino arrancar a correr
para escapar de este lobo.
BEATRIZ. ¿No le sabrás tú apartar?
MOSQUITO. Nadie se sabe librar
de un bobo, sino otro bobo.—
D. DIEGO. ¡Secreto para conmigo!

2131 *Compañía de ahorcado:* «La honra del ahorcado o la compañía del ahorcado; frases que se dicen cuando alguno va acompañando a otro, y llegando al paraje destinado le deja solo, sin esperar para acompañarle a la vuelta» *(Dicc. de Aut.).*

2136 *a Dios y a ventura:* «se dice de lo que se emprende sin certeza de los medios ni del suceso» *(Dicc. de Aut.).*

¿Qué te dice?

MOSQUITO. Que va agora
la condesa, mi señora,
muy asustada contigo.

D. DIEGO. Eso es tomallo al revés;
pues ¿no voy a defendella,
aunque venga contra ella
el Armada del Inglés?

MOSQUITO. Es que estáis junto a la entrada
de su casa, y si los dos
llegáis, la verán con vos.

D. DIEGO. ¿Qué importa, si va tapada?

MOSQUITO. Pues si ven a tu beldad
seguirla, ¿no es cosa expresa
que han de creer que es la condesa?

D. DIEGO. Eso es la pura verdad;
pero si dejarla intento
cuando de mí se amparó,
y sucede algo, estoy yo
obligado al saneamiento;
y así, es imaginación
que yo haga esa liviandad.

BEATRIZ. ¿No veis que eso es necedad?

D. DIEGO. Mas que sea discreción.
Vos no os habéis de ir sin mí;
y creed, si esto no os basta,
que he de acompañaros hasta
el postrer maravedí.

BEATRIZ. Ya que estáis determinado,
venid, pues eso queréis,
y a la puerta no lleguéis.

D. DIEGO. No he de ir sino hasta el estrado;
no lo excuséis.

MOSQUITO. [*Aparte.*] ¡Guarda, Pablo!

2146 En la *Parte segunda: Que va aora.*

2150 La *Parte diez y ocho,* por errata, *pues no voy oy a defendella.*

2176 *estrado:* «el lugar o sala cubierta con la alfombra y demás alajas del estrado, donde se sientan las mujeres y reciben visitas» *(Dicc. de Aut.).*

2177 *Guarda, Pablo:* «atención», «cuidado».

BEATRIZ. ¿Vos en mi casa tras mí?
Pues ¿qué peligro hay allí?
D. DIEGO. ¿Qué sé yo lo que hará el diablo?
MOSQUITO. *Aparte.* Por aquí la he de escapar.—
Señor, advierte una cosa:
que esta condesa es golosa,
y esto lo hace por entrar
sola en este confitero
a comprar dulces sin susto.
D. DIEGO. Tiene lindísimo gusto;
a eso entraré yo el primero.
MOSQUITO. ¿Llevas dinero?
D. DIEGO. Ni blanca.
MOSQUITO. Pues ¿a qué has de entrar allá?
D. DIEGO. Pues ¿qué riesgo en eso habrá?
MOSQUITO. Donde está tu mano franca
¿has de consentirla que
pague lo que a comprar va?
D. DIEGO. ¿Eso dudas? Claro está
que se lo consentiré.
MOSQUITO. ¿A la condesa?
D. DIEGO. ¿Pues no?
¿Eso quieres que la arguya?
Ni aun a una criada suya
no se lo estorbara yo.
MOSQUITO. ¿Qué dices? Que eso es quedar
en una acción afrentosa.
D. DIEGO. Hermano, si ella es golosa,
¿téngolo yo de pagar?
MOSQUITO. [*Aparte.*] Aquesto es cosa perdida.
BEATRIZ. ¡Ay, desdichada de mí!
Don Juan viene por allí.
MOSQUITO. ¡Su primo, pese a mi vida!
D. DIEGO. ¿Quién?
MOSQUITO. Don Juan, de par en par.
D. DIEGO. Pues ahora, ¿qué hemos de hacer?

2181 *escapar:* usado aquí como el verbo transitivo en el sentido de «hacer escapar».

MOSQUITO. Irnos, y tú defender
que no nos pueda alcanzar.

D. DIEGO. Y si no puedo atajalle,
si acaso viene muy fuerte,
¿qué he de hacer?

MOSQUITO. Dalle la muerte.

D. DIEGO. ¿Dalle la muerte?

MOSQUITO. O matalle.

D. DIEGO. ¿Y si no trae mal humor
y detenelle por bien
puedo?

MOSQUITO. Matalle también.

D. DIEGO. Pues ¡sus! Manos a labor.

BEATRIZ. No permitáis que se acabe
de arriesgar la vida mía.

D. DIEGO. Váyase vueseñoría,
que ya estoy pensando el cabe.

MOSQUITO. Detenedle bien.

D. DIEGO. Sí haré.

MOSQUITO. Ya podemos escurrir.

BEATRIZ. Detenedle sin reñir.

D. DIEGO. Sin reñir le mataré.

MOSQUITO. [*Aparte a* BEATRIZ.] Arranquemos a correr
mientras él queda en arrobo.

BEATRIZ. ¡Jesús! Harta voy de bobo.

MOSQUITO. No es poco para mujer. — *Vase.*

D. DIEGO. A mucho quedo empeñado,
si este hombre en seguirla da.
Pero bien hecho será:
que un primo es medio cuñado.

2211 *defender:* «vedar, prohibir o embarazar el que se diga o ejecute alguna cosa» *(Dicc. de Aut.).*

2218 *por bien:* «pacíficamente».

2223 *vueseñoría:* para el desarrollo de esta forma, cfr. Lapesa, *Historia,* pág. 251. En la *Parte segunda: Váyase V. señoría.*

2224 *cabe:* aquí vale «jugada». «El golpe de lleno, que en el juego de la argolla da una bola a la otra.» *(Dicc. de Aut.).*

2232 *No es poco para mujer:* Frase sarcásticamente antifeminista que implica una correlación entre bobos y mujeres.

Sale DON JUAN

D. JUAN. En haberme detenido
con tal cuidado don Tello
reconozco que es verdad
lo que les dijo don Diego;
y pues aquí le he alcanzado,
he de averiguar su intento.

D. DIEGO. [*Aparte.*] Hombre, mira lo que haces,
que vas andando y muriendo.

D. JUAN. ¿Señor don Diego?

D. DIEGO. Don Juan,
¿qué queréis?

D. JUAN. Buscando os vengo.

D. DIEGO. Como no paséis de aquí.
seré muy servidor vuestro;
mas si pasáis adelante,
¡por las llaves de San Pedro!
que lo habéis de pasar mal.

D. JUAN. Lo que yo deciros quiero
aquí os lo puedo decir.

D. DIEGO. De vida sois, según eso.

D. JUAN. Vos habéis dicho delante
de vuestra prima y don Tello
que aquella mujer tapada,
que agora os iba siguiendo,
la recatabais de mí
por importarme su empeño.
Yo sé que esto es imposible,
porque yo en Madrid no tengo
mujer que pueda importarme
ni por amor ni por deudo;
y siendo ansí que es fingido,
de vos entender pretendo
para qué fin lo fingisteis.

D. DIEGO. [*Aparte.*] Esto es peor, ¡vive el cielo!,
porque si él fuera tras ella

2250 *por las llaves de San Pedro:* un voto inventado por don Diego que tiene mucha gracia porque él precisamente está desempeñando el papel de «portero».

le matara sin remedio,
porque ya lo había pensado;
pero matarle por esto
no lo he pensado, y no es fácil.

D. JUAN. ¿Qué decís?

D. DIEGO. Ya voy a ello.
Señor don Juan, que yo dije
a mi tío ese embeleco
para escaparme de allí
es verdad, y no lo niego;
que lo que yo una vez digo
ha de estar dicho *in aeternum.*
Pero eso, ¿a vos qué os importa?

D. JUAN. Pues, ¿vos, siendo caballero,
lo dudáis? El que se entienda
que dama o parienta tengo
tan liviana que de mí
anda con otros huyendo.

D. DIEGO. Pues si vos sabéis que es falso,
y os aseguráis en eso,
¿qué importa que yo os lo diga?

D. JUAN. El que no lo piensen ellos;
que la opinión no es lo que es,
sino lo que entiende el pueblo.

D. DIEGO. Pues, ¿mi tío es pueblo acaso?

D. JUAN. Es parte dél, que es lo mesmo.

D. DIEGO. Don Juan, esto no os importa
más de que no tenga celos
Leonor de lo que yo dije,
como es vuestro galanteo.
Remediado esto, ¿habrá más?

D. JUAN. Yo no os pido nada de eso.

D. DIEGO. Pues veis aquí que lo dije,
que es la verdad; ¿qué remedio?

D. JUAN. Que vos habéis de decir
a todos los que lo oyeron
el intento que tuvisteis,

2273 En la *Parte segunda: no lo he pensado, ni es fácil.*
2291 *la opinión:* aquí en el sentido de «fama», «honra».

y que yo os obligo a ello.

D. DIEGO. No es nada la añadidura:
¿desdecirme yo? Eso es bueno.
Antes me volviera moro.

D. JUAN. Pues aquí no hay otro medio.

D. DIEGO. Pues más que nunca le haya.
¡Bien quedaba yo con eso
para ir a la plaza en Burgos
a hablar con los caballeros;
que el toro de las dos madres
no hiciera más ruido entre ellos!

D. JUAN. Pues ¿cómo habéis de excusallo?

D. DIEGO. ¿Cómo? ¡Por Dios, que me huelgo!
¿Usted me tiene por rana,
con dos manos y diez dedos,
y cinco palmos de espada,
y libra y media de acero?

D. JUAN. Pues aguardad, y veamos
si es más posible otro medio:
¿esa mujer os importa?

D. DIEGO. Y mucho; y a no ser eso,
si ella no me importa, a ella
le importo yo, que es lo mesmo,
porque me quiere que rabia.

D. JUAN. Pues si vos sabéis que es cierto
que ella no me importa a mí,
dadle a entender a don Tello,
con acaso o con industria,
quién es, para que con esto
que sepa que no es mujer
con quien dependencia tengo.

2315-2316 Es difícil atinar con el sentido de estos dos versos. Posiblemente sea una de las variantes típicas de don Diego, del dicho *salir de madre* que significa «exceder con superabundancia en algo». Aquí, como se mencionan *las dos madres,* él hablaría de un toro verdaderamente extraordinario.

2319 *Usted me tiene por rana:* la frase viene del dicho *no ser rana* que «se dice de él que es hábil y apto en alguna materia, cuando se dudaba de su destreza» *(Dicc. de Aut.).*

2335 En la *Parte segunda: se sepa que...*

D. DIEGO. [*Ap.*] ¡Por Dios, que la hacíamos buena!
¡Que me pida el majadero
que yo publique a su prima!
¡Válgate el diablo el empeño!
Yo no sé cómo él lo oyó,
porque lo dije bien quedo.
D. JUAN. ¿Os parece esto mejor?
D. DIEGO. ¿Vos tenéis entendimiento?
¿Yo manifestar la dama?
No se pide eso a un gallego.
D. JUAN. Pues, don Diego, aquí no hay modo
de excusarse nuestro duelo,
porque yo no he de apartarme
de vos sin ir satisfecho.
D. DIEGO. Pues veníos a mi lado;
que yo os doy licencia de eso,
como durmamos aparte.
D. JUAN. Pero esto ha de ser riñendo.
D. DIEGO. [*Aparte.*] ¡Más matalla! Vive Dios
que si reñimos por esto,
se ha de enojar la condesa;
porque es fuerza del empeño
de librarla de su primo
y si le mato, la pierdo.
Pues matalle si reñimos,
ya pienso que lo estoy viendo,
que al primer *uñas abajo*
se me resbala, y *laus Deo.*
D. JUAN. Don Diego, si esto ha de ser,
ya es en vano perder tiempo.
D. DIEGO. ¿En fin, hemos de reñir?

2346 *gallego:* los gallegos tenían fama de ser algo toscos.

2353 *como durmamos aparte:* respuesta cómica a la insistencia de don Juan que *no he de apartarme / de vos...* (v. 2349-2350).

2355 *Más matalla:* exclamación usada, según Correas, «cuando parece que es mucho lo que otro dice».

2363 *uñas abajo:* «En la esgrima es una estocada que se da volviendo la mano, y los gavilanes de la espada hacia el suelo» *(Dicc. de Aut.).*

2364 *laus Deo:* «gloria sea a Dios» en el sentido «y se acabó».

D. JUAN. No tiene el lance otro medio,
y si ha de ser...
D. DIEGO. Aguardad.
D. JUAN. Pues, ¿qué queréis?
D. DIEGO. Que primero
protesto que soy forzado,
porque importa para el cuento.
D. JUAN. Eso a mí nada me importa.
D. DIEGO. ¡Válame Dios! Yo me entiendo.
D. JUAN. Sacad, don Diego, la espada.
D. DIEGO. Comenzad diciendo el Credo,
y abreviadle.
D. JUAN. ¿Para qué?
D. DIEGO. Por no daros hasta el tiempo
de la vida perdurable.
D. JUAN. Eso agora lo veremos.

Sale DON MENDO

D. MENDO. ¿Qué es esto, primo?—¿Don Juan?
D. JUAN. Los dos tenemos un duelo
que nos obliga a reñir,
y vos, como caballero,
no nos lo habéis de estorbar.
D. MENDO. Si es justo, yo lo prometo.
D. JUAN. Es justo, y él lo dirá.
D. DIEGO. No es sino injusto y muy necio.
[*Aparte.*] Yo me he de escapar del lance,
enredando en él a Mendo. —
Primo, don Juan galantea,
como lo muestra su intento,
a nuestra prima Leonor.
Yo, por salir sin empeño
con una mujer de casa,
queriéndola ver mi suegro,
que era cosas de don Juan
dije a mi tío en secreto,

2374 *Válame Dios:* por «válgame Dios».
2379 *vida perdurable:* la última frase del Credo, «creo en la resurrección de la carne y la vida perdurable».

llegando él a esta ocasión,
por salir della sin riesgo.
Desto resulta sin duda
que Leonor dél tenga celos,
y él, para satisfacerla,
que esto no puede ser menos,
quiere que yo me desdiga;
yo le digo que no puedo.
Sobre esto hemos de reñir;
venistes vos a este tiempo,
y no he de reñir yo agora,
porque no es igual el riesgo,
que un primo al lado es ventaja,
como lo dice el proverbio.
Esto supuesto, don Juan,
buscadme vos cuerpo a cuerpo,
que solo yo os reñiré
cuanto fuere gusto vuestro,
menos lo que fuere justo.
Adiós, primo. *Vase.*

D. JUAN. Oíd, don Diego.

D. MENDO. Esperad, señor don Juan,
que ya con mi primo el duelo
no tenéis, sino conmigo,
y aquello es después de aquesto.

D. JUAN. ¿Por qué?

D. MENDO. Porque habiendo causa
de reñir en dos empeños,
de ser llamado a llamar,
el ser llamado es primero.

D. JUAN. Pues vos ¿por qué me llamáis?

D. MENDO. Porque yo a casarme vengo
con doña Leonor, mi prima,
siendo vos testigo dello,
y habiéndoos hecho mi amigo,
galantearla en secreto
es traición, y vos debierais,
a ley de buen caballero,

decírmelo llanamente
antes que yo hubiera hecho
empeño en la voluntad,
que entonces estaba a tiempo
de ver lo que bien me estaba
sin el dolor de los celos.
Y pues esta queja es justa,
salgamos al campo luego,
que allí de esta sinrazón
me satisfará mi acero.

D. JUAN. Si la queja que tenéis
por lo que dijo don Diego,
antes de llamarme al campo
me la hubiérades propuesto,
yo os dejara aquí sin ella.
Mas ya llamado al empeño,
no os quiero satisfacer,
aunque era razón y puedo,
porque después de reñir
quiero que vos, satisfecho,
sepáis que, por no excusarlo,
no os satisfice, pudiendo.

D. MENDO. Si eso es así, yo os lo pido.

D. JUAN. Yo os respondo que no puedo.

D. MENDO. Pues vamos a la campaña.

Sale DON TELLO

D. TELLO. Tened; ¿dónde vais, don Mendo?

D. MENDO. Señor, yo a don Juan al campo
a divertirnos le ruego
que vamos, y este favor
recibo dél.

D. JUAN. Yo os lo debo,

2448 *hubierades:* por hubierais; se usaba esta forma en el siglo XVI con el valor de imperfecto del subjuntivo.
2458 la *Parte diez y ocho,* por errata: *Ya os respondo...*
2463 *vamos:* por «vayamos».

por serviros. — A esto vamos,
si dais licencia, don Tello.

D. TELLO. Yo a don Mendo he menester,
y de tal divertimiento
siento estorbaros el gusto.
[*Aparte.*] En lo que oí y lo que veo
en sus semblantes, conozco
que iban los dos a algún duelo,
y habiéndomelo negado,
averiguarlo no puedo.
Esto sin duda resulta
de aquel lance de don Diego,
que no le he podido hallar,
para saber el empeño.
Estorbarlo aquí es forzoso,
hasta ver el fundamento. —
Don Mendo, veníos conmigo.

D. MENDO. Voy, señor, a obedeceros.—
[*Ap. a* DON JUAN.] Forzoso es disimular,
por mi tío, nuestro intento.

D. JUAN. Sois atento, yo lo estimo,
mas ya faltaros no puedo.

D. MENDO. Yo en pudiendo os buscaré.

D. JUAN. Forzosamente soy vuestro. —

D. TELLO. ¿Qué es lo que decís, don Juan?

D. JUAN. Me despido de don Mendo.

D. TELLO. No os despidáis, que también
a vos os pido lo mesmo.

D. JUAN. Iré gustoso a serviros.

D. TELLO. [*Aparte.*] Ansí asegurarlo quiero.—
Venid conmigo.

D. JUAN. Ya vamos.

D. MENDO. [*Ap. a* DON JUAN.] Lo dicho, dicho.

D. JUAN. Eso ofrezco. *Vanse.*

[Sala en casa de DON TELLO]

2472 La *Parte diez y ocho: que iban los dos algún duelo.*
2485 En la *Parte segunda: sois atento yo os lo estimo.*

Sale[n] DOÑA INÉS *y* LEONOR

D.ª INÉS. Esto pasa, Leonor; don Juan, ingrato,
me pagó con tal trato
la fe que me debía.

D.ª LEONOR. Y ¿sabes tú si la verdad sería
lo que dijo Don Diego?

D.ª INÉS. Mira tú si es verdad, pues se fue luego,
y en su traición vencido,
aun no me ha vuelto a ver.

D.ª LEONOR. Eso habrá sido
porque te vio irritar de su porfía,
y tú que no te vea le has mandado.

D.ª INÉS. Si por eso no ha vuelto, Leonor mía,
o no sabe de amor o está culpado;
que en celos que despiden al amante
nunca habla el corazón sino el [semblante.
El pecho más furioso y enojado,
de celos asaltado,
cuando de oír satisfacción se excusa,
no la despide porque la rehúsa,
sino la esfuerza, y cuando la revoca
por oír la mayor, no quiere poca;
que la mujer de celos más herida
que a su amante despida,
cuando él vuelve y rendido se le ofrece,
aun la satisfacción tibia agradece;
porque, cuando es de poco fundamento,
no agrada la razón, sino el intento.
Yo, Leonor, por mi daño
he visto cara a cara el desengaño,
y pues yo de mi culpa soy testigo,
le lograré aunque sea en mi castigo.
Yo a mi padre no tengo resistencia;
mi decoro es la ley de mi obediencia.

2507 En ambas *Partes: Y por eso…*
2512 En la *Parte diez y ocho,* por error, *ha saltado.*
2514 En la *Parte diez y ocho: reusa.*

A esta atención, aun dél correspondida,
por no faltar perdiera yo la vida,
pues ya que dél estoy tan agraviada,
con mi muerte he de verme castigada.
Hoy a don Diego le daré la mano.
Si tarde he de morir, alivio gano,
pues sólo de esta suerte
puedo abreviar los plazos a mi muerte.

D.ª LEONOR. Pues caso que don Juan te haya faltado,
casarte con un hombre tan privado
de razón y de gusto ¿es buen remedio?

D.ª INÉS. Para morir más presto, ése es el [medio.

D.ª LEONOR. Don Juan viene aquí dentro.

D.ª INÉS. Pues, hermana,
yo sé de amor la condición tirana,
y aunque en mi mismo honor haga el [estrago,
lo atropellaré todo por su halago.
Si le veo, aunque sea desatento,
no me he de resolver a lo que intento.
Tú mi resolución le manifiesta,
que yo a esperarte voy con la respuesta.

D.ª LEONOR. Pues ¿eso intenta tu rigor? ¿No advierte
que él sin duda vendrá a satisfacerte?

D.ª INÉS. De eso quiero excusarme,
porque más creo que vendrá a engañarme.

D.ª LEONOR. Pues hasta verlo, espérale siquiera.

D.ª INÉS. ¿Qué le faltaba a amor si ver pudiera?

D.ª LEONOR. En fin, ¿no le has de ver?

D.ª INÉS. Eso pretendo.

D.ª LEONOR. Pues yo se lo diré.

D.ª INÉS. De él voy huyendo;
pero ¿qué les importa a mis enojos
si dejo el corazón con huir los ojos?
Pero si vuelvo, ¡por quien soy!, no miro

2551 *De eso quiero excusarme:* «quiero evitar eso».

2554 Cupido, dios del amor, es siempre representado con la venda en los ojos y por eso se le llama «el dios ciego».

que perezosamente me retiro.
Mucho rigor es este que resuelvo.
De aquí le oiré, que ni me voy ni vuelvo.

Sale DON JUAN

D. JUAN. Llegando don Tello a casa
nos mandó en ella esperarle,
y fue a buscar a don Diego;
sin duda presume el lance.
Si entretanto hablar pudiese
a Inés, fuera alivio grande
de la pena en que me tiene.

D.ª LEONOR. Señor don Juan, Dios os guarde.

D. JUAN. ¿Hermosa Leonor?

D.ª LEONOR. Mi hermana,
viéndoos pasar adelante,
al entrar por esa sala,
se retiró; perdonadme
que os diga que por no hablaros,
que no puedo yo quitarle
a esta noticia forzosa
lo que tiene de desaire.
De dárosla me excusara;
mas me ha obligado a que os hable
por ella, y entre ella y vos
es fuerza que a vos os falte.
Mi hermana, señor don Juan,
no sé si quejas lo causen
o la precisa obediencia
del precepto de mi padre:
uno u otro o esto solo,
que aunque nazca de ambas partes,
es sin duda que esta ley
será lo que más la arrastre,
hoy se casa con mi primo,

2571 La *Parte diez y ocho,* por errata, *mi hermano.*
2572 En la *Parte segunda,* por errata: *edelante.*
2573 En la *Parte segunda: al entrar por esta sala.*

y desto el retiro nace,
que no fuera justo hablaros
estando en este dictamen
con esta resolución.

D. JUAN. No paséis más adelante,
señora, si no intentáis
que el corazón me traspasen
las flechas que mi desdicha
de mis finezas le hace.
Si eso nace de su queja,
la luz del cielo me falte,
o la de sus ojos bellos,
que es otra, pero más suave,
si he dado causa a su enojo,
y piérdala yo esta tarde
si en mí de otro pensamiento,
aun lo que no es culpa, cabe.
Si su primo me ha culpado,
malicioso o ignorante,
cualquiera engaño es delito
si no se espera el examen.
Condenar sin causa a un reo
es rigor, y, ya que pase,
no otorgarle apelación
es gana de condenarle.
Y si es tan severa ley
el precepto de su padre,
máteme su ejecución,
mas ella no lo adelante.
Muera yo a no poder más,
porque mi estrella me ultraje;
mas no ella, que no es todo uno
que ella o mi estrella me maten.

2601 Ambas *Partes* dicen: *si es o nace de sus quejas.*
2604 La *Parte diez y ocho* y la *Parte segunda* dicen: ***que es otra por más suave.***
2612 *examen:* en el sentido de «explicación».
2613 En la *Parte segunda: Condenar sin causa al reo.*
2621 *a no poder más:* «porque no puedo hacer otra cosa».

D.ª INÉS. [*Al paño.*] Bien huía yo de oírle,
¡Oh, amor tirano, cobarde,
a la ofensa tan ligero
como al rendimiento fácil!

D.ª LEONOR. Don Juan, a vuestras razones,
aunque muevan mis piedades,
no puedo yo responderlas,
que, aun por consuelo, es en balde.
Esto me mandó deciros
mi hermana, y agora darle
esa respuesta por vos
es cuanto está de mi parte.
A esto voy. ¡Guárdeos el cielo!

D. JUAN. ¿Podré esperar?

D.ª LEONOR. No se agravie
vuestro amor si no saliere,
que, si no es que ella lo mande,
yo no tengo a qué volver.
Adiós.

Sale DON MENDO *al paño, oyendo el postrer verso*

D. JUAN. Leonor, escúchame.

D. MENDO. [*Aparte.*] ¡Válgame el cielo! ¿Qué veo?

D.ª LEONOR. ¿Qué dices?

D. JUAN. Pues son crueldades,
que las templéis os suplico.

D.ª LEONOR. Cuanto está aquí de mi parte,
ya lo sabes, eso haré.

D. JUAN. En fin, ¿no decís que aguarde?

D.ª LEONOR. No está en mi mano, don Juan:

2628 Este verso no rima.

2642 La *Parte segunda* da *escuchadme.*

2644 *que dices:* otro ejemplo de vacilación en la forma de hablarse los personajes. Aunque en el diálogo precedente don Juan y doña Leonor usan la segunda persona plural, en el verso 2642 don Juan de repente la empieza a tutear *(escúchame)* para otra vez volver a la forma *vos: que las templéis os suplico* (v. 2645). Leonor también cambia a la segunda persona singular: *que* dices (v. 2645) *ya lo sabes* (v. 2647).

esto es fuerza, perdonadme. *Vase.*
D. JUAN. Pues yo, antes que su rigor,
iré a que mi amor me mate.
D. MENDO. Para eso está aquí mi espada,
cuando ese despecho os falte.
D.ª INÉS. [*Al paño.*] ¡Cielos, don Mendo ha [venido
y salir no puedo a hablarle.
D. JUAN. ¿Qué es lo que decís, don Mendo?
D. MENDO. Que ya en mi enojo no caben
más dilaciones, don Juan,
cuando, después de avisarme
que amáis a Leonor don Diego,
de esa culpa hallo este alarde.
Salgamos, don Juan, al campo,
que ya, aunque pudierais darme
satisfacción muy precisa,
no la quiere mi coraje.
D. JUAN. Pues hacéis mal, ¡vive Dios!,
que ya roto el primer lance,
en éste por muchas causas
os la diera yo bastante.
D. MENDO. Pues salgamos a reñir.
D. JUAN. Vuestro es el puesto, guiadme.
D.ª INÉS. [*Al paño.*] ¿Qué escucho? ¡Válgame el [cielo!
D. MENDO. A vos os toca ir delante.
D. JUAN. No toca eso sino a vos,
que habéis de escoger la parte.
D. MENDO. Pues venid, si a mí me toca.
D. JUAN. Ya os voy siguiendo.
D.ª INÉS. [*Saliendo.*] ¡Ay, pesares! —
Escuchad, señor don Mendo.
D. MENDO. ¿Quién es?

2662 En la *Parte diez y ocho* y la *Parte segunda,* por errata: *de esa culpa hallo este amante.*

2672 La *Parte diez y ocho* y la *Parte segunda: Vuestro es el puesto, guiadle. Vuestro es el puesto* significa que don Juan le deja escoger el sitio donde van a pelear, como lo comprueba el verso 2676.

D.ª INÉS. Quien, oyéndoos, sale
a excusaros ese empeño.

D. MENDO. No presumo que eso es fácil.

D.ª INÉS. Sí es, que yo puedo deciros,
fiada de vuestra sangre,
lo que, de atento, don Juan
es forzoso que os recate.
Vos al campo le llamáis
creyendo que a Leonor ame,
y sabed que va a reñir
de noble, mas no de amante.
Don Juan, señor, ha seis años
que, viéndome en el pasaje
de Méjico a España, puso
los ojos en mí, y él sabe
los desdenes, los rigores
que lloró su amor constante,
hasta ganarme licencia
para pedirme a mi padre.
Desde aquí les di a mis ojos
licencia para agradarse
de verle, y a los oídos
del contento de escucharle;
pero no a pasar de aquí,
porque el mismo sol no arde
en tan puros esplendores
como él recatos me aplaude;
que aunque confieso que tuve
inclinación a sus partes,
a su atención, su fineza,
en la mujer noble nace
la inclinación y el agrado
tan dentro de los umbrales
de su decoro, que apenas

2682 Otra falta de rima.

2696 La *Parte diez y ocho* y la *Parte segunda: que llora su amor constante.*

2708 *partes:* «se llaman las prendas y dotes naturales que adornan a alguna persona» *(Dicc. de Aut.).*

el que la logra lo sabe.
Y inferid con la pureza
que pudo serme agradable
la asistencia de su amor,
pues siendo ya, por mi padre
y vuestro primo, imposible
que yo con don Juan me case,
sin escrúpulo lo dice
una mujer de mi sangre.
Esto supuesto, don Mendo,
conoceréis cuán de balde
vuestro temor os provoca,
cuando don Juan es mi amante.
De esto no os quedará duda,
porque fuera error notable
presumir que una mujer
de mi obligación os llame
y, compasiva del riesgo
que ve en reñir dos galanes,
quiera fingirse un desdoro
para excusarlos un lance.
La fineza que don Juan
por mí en su silencio añade,
se la pago en publicar
lo que en él fuera desaire.
Y a vos os pido, en albricias
de que sé que Leonor hace
tanta estimación de vos
como es justo que ella os pague,
que, cesando esto, no sólo
de este caso no se hable,
mas, quedando en vuestro oído,
a la memoria no pase. —
Y vos, don Juan, pues ya veis
el empeño de mi padre,
y que vuestra petición
no se previno a ser antes,

2732 En la *Parte segunda: que ven reñir...*

olvidad vuestro cariño,
que en los hombres es muy fácil.
Digo fácil, ¡ay de mí!
Es pena más tolerable,
porque ellos pueden tener
sin culpa las variedades.
Y si esto os cuesta dolor,
que lo imposible lo aplaque,
o el retiro le mitigue,
o el sufrimiento le sane,
o para que se la lleve,
dad vuestra esperanza al aire,
que, a ser el de mis suspiros,
yo sé que fuera bastante,
porque yo, siendo forzoso,
para el plazo desta tarde
he dispuesto mi obediencia,
como debo. Dios os guarde,
que yo, dejándoos amigos,
como es deuda en pechos tales,
voy contenta de haber sido
el iris de vuestras paces.

D. MENDO. Oíd, señora, escuchad,
que en un alivio tan grande
como el que de vuestro aviso
a mis esperanzas nace,
os debo yo, agradecido,
fineza que las iguale.

D.ª INÉS. ¿Vos fineza a mí? ¿En qué modo?

D. MENDO. En hacer que vuestro padre,
sea o no contra mi primo,
a vos con don Juan os case.

2754-2756 Referencia a la supuesta infidelidad o habilidad innata de cambiar de amantes de los hombres.

2758 En la *Parte diez y ocho* y la *Parte segunda,* por errata: *de lo imposible lo aplaque.*

2770 *como es deuda:* como es debido.

2772 *el iris:* «Acontecimiento que influye para la terminación de algún disturbio» *(DRAE).* Referencia a la aparición del arco iris después de la lluvia.

D.ª INÉS. Esa fineza es por él,
si él la solicita amante,
que para mí no es lisonja.
D. JUAN. Señora, pues, ¿tanto vale
el crédito de un engaño,
que por él así me trates?
Y agora, que estando ya
don Mendo de nuestra parte,
no importa que esto más sepa:
seguí a don Diego, y él sabe
que confesó en su presencia
que sólo porque tu padre
no viese aquella mujer...
D.ª INÉS. No vais, don Juan, adelante,
que aqueso es satisfacción,
y aquí no os la pide nadie.
[*Aparte.*] ¡Oh, lo que miente el recato!
D. MENDO. Señora, si deso nace
algún descontento vuestro,
yo, por hallarme delante,
soy testigo que don Juan
no la conoce ni sabe
quién es, y que él lo fingió.
D.ª INÉS. Eso, don Mendo, es tratarme
con más llaneza que es justo.
Don Juan, ni mujer, ni nadie
me ha dado desabrimiento;
pues ¿por qué me satisface?
[*Aparte.*] ¡Quiera amor que sea verdad,
que, aunque le pierda, es suave!
D. JUAN. Si tu enojo lo publica,
¿qué importa que lo recates?
D.ª INÉS. Por no oír eso me voy.
D. JUAN. Señora, escucha un instante.
D.ª INÉS. ¿Qué me queréis?
D. JUAN. Esto solo:
si don Mendo malograse

2817 *¿Qué me queréis?:* «¿Qué queréis de mí?»

la dicha que ha prometido,
¿será tu amor de mi parte?

D.ª INÉS. ¿Yo amor? No sé qué es amor.
Después de que yo me case
sabré deso, que ahora ignoro.

D. JUAN. Aunque en mi pena lo calles,
lo permitirá tu agrado.

D.ª INÉS. Mirad que viene mi padre.

D. MENDO. Retirémonos, don Juan. *Vase.*

D. JUAN. Ya yo os sigo; id vos delante.—
Señora, no me permitas
que con tal dolor me aparte
de tu presencia.

D.ª INÉS. Don Juan,
¿qué me quieres? ¿Ya no sabes
los pesares que me cuestas?

D. JUAN. Pues ¿ya no ves de qué nacen?

D.ª INÉS. ¿Qué importa el verlo al perderte?

D. JUAN. ¿Eso no puede enmendarse?

D.ª INÉS. ¡Pluguiera al cielo pudiese!

D. JUAN. ¿Qué dices?

D.ª INÉS. Que no te pares.

D. JUAN. Eso es desvío.

D.ª INÉS. Es temor.

D. JUAN. ¡Qué pena!

D.ª INÉS. Que entra mi padre.

D. JUAN. ¡Mal haya el peligro!

D.ª INÉS. Amén.

D. JUAN. Quédate adiós. *Vase.*

D.ª INÉS. Él te guarde.

Sale BEATRIZ

BEATRIZ. ¿Señora?

D.ª INÉS. Beatriz, ¿qué es eso?

BEATRIZ. Con el viejo en este instante,
si no corro doy de hocicos.

2823 En la *Parte segunda: sabré de eso.*
2838 En la *Parte segunda* falta *Que no te pares.*

D.ª INÉS. ¿Dónde has estado esta tarde?
BEATRIZ. Señora, en un gran empeño.
D.ª INÉS. ¿Qué ha sido?
BEATRIZ. Fui a echar los naipes
porque don Diego te deje,
y, según las cartas salen,
o mentirá el rey de bastos,
o no ha de querer casarse.
D.ª INÉS. ¿Crédito das a esas cosas?
¿No ves que son disparates?
BEATRIZ. Pues ¿un rey ha de mentir?
D.ª INÉS. Deja esas vulgaridades.
BEATRIZ. Tú verás en lo que para.
Mas dejando esto a una parte,
¿hasta cuándo ha de durar
el estar yo, por mis paces,
de embozada en el retiro,
que es ya cosa intolerable?
D.ª INÉS. A mi padre hablaré agora.
BEATRIZ. Pues él y Mosquito salen,
y más que vienen hablando
en el caso de los naipes.
D.ª INÉS. ¿Qué dices? Pues ¿eso es cierto?
BEATRIZ. Tú verás lo que ello pare,
y si quieres entendello,
retírate aquí un instante.
D.ª INÉS. Harélo, aunque es desatino,
por ver en ello a mi padre.

Sale[*n*] DON TELLO *y* MOSQUITO

D. TELLO. Tú has de saber de este caso
todo lo que en ello hubiere.
MOSQUITO. Señor, cuanto yo supiere
lo diré más que de paso.
D. TELLO. Pues yo te hallé en el zaguán.

2848 *echar los naipes:* echar las cartas para consultar el porvenir.
2876 *lo diré más que de paso:* «lo diré todo».

¿Quién era aquella mujer?
MOSQUITO. La condesa era, a mi ver.
D. TELLO. ¿Quién?
MOSQUITO. La prima de don Juan.
D. TELLO. ¿Qué dices?
MOSQUITO. Como ahora es día,
la vi ella por ella expresa.
D. TELLO. ¿La condesa?
MOSQUITO. La condesa
condada, su señoría.
D. TELLO. ¡Válgame Dios!
MOSQUITO. Y a mí, y todo.
D. TELLO. De gran empeño salí
estando don Juan allí.
MOSQUITO. ¿Y yo no andaba en el lodo?
BEATRIZ. [*Aparte a* D.ª INÉS, *oculta.*]
Verás lo que se alborota.
D.ª INÉS. Pues ¿qué semejanza tiene
con los naipes que previene
la condesa?
BEATRIZ. Esa es la sota.
D.ª INÉS. ¡Cielos! Yo mi desengaño
agradezco haber sabido. —
D. TELLO. Mosquito, estoy aturdido
de un suceso tan extraño.
Pues ¿ella buscóle a él,
o cómo llegó allí a estar?
MOSQUITO. *Aparte.* ¡Cielos! ¿Cómo he de escapar
de aqueste viejo cruel
que a dudas me ha de moler
y se aventura el enredo?
Mas sólo librarme puedo
no dejándome entender.—
Yo señor, al conocella

2885 *y todo:* en el sentido de «también».
2888 *¿y yo no andaba en el lodo?:* «¿no estaba yo en peligro también?»
2892 *sota:* esta voz también tiene sentido de «mujer insolente y desvergonzada» *(DRAE).*
2902 *se aventura:* «está poniendo en peligro».

la vi que al zaguán entró,
y un pobre entonces llegó,
que no dio limosna ella.
El pobre pasó adelante,
don Diego vino tras él,
y repitiendo el papel
vino el pobre vergonzante.
Traía un vestido escaso
de color, y Dios me acuerde
que no era tal, sino verde.

D. TELLO. ¿Pues el vestido es del caso?

MOSQUITO. Habiendo el pobre salido,
vino la condesa luego,
y cuando vino don Diego,
vino porque había venido.

D. TELLO. ¿Quién había venido?

MOSQUITO. Él.

D. TELLO. Luego, ¿ella le fue a buscar?

MOSQUITO. No, señor, porque al entrar
ella entraba con aquél,
y el pobre, que entraba cuando
entraba él, no llegó.

D. TELLO. Pues ¿quién era aquel que entró?

MOSQUITO. Eso es lo que voy contando.
Entró ella, y cuando entraba
entró el pobre, y fue don Diego,
y como entró con sosiego,
después de entrado allí estaba.
Y de esto se quedó loco,
porque entraba muy esquivo.

D. TELLO. No lo entiendo ¡por Dios vivo!

MOSQUITO. [*Aparte.*] Pues eso, ni yo tampoco.

D.ª INÉS. [*Aparte.*] Beatriz, ¿qué es lo que está [hablando
Mosquito?

BEATRIZ. Los naipes son.

D.ª INÉS. Pues ¿qué es esta confusión?

2914 *de color:* «rojo».

BEATRIZ. ¿No ves que está barajando? —
D. TELLO. ¿Quién a quién vino a buscar?
MOSQUITO. Luego, ¿no lo has entendido?
D. TELLO. No, ni explicarte has sabido.
MOSQUITO. Pues vuélvotelo a explicar.
Él buscó a quien le buscaba,
porque ella buscando vino,
y buscando de camino
él buscó lo que allí estaba,
y el pobre que los buscó
no buscó duelos ajenos.
D. TELLO. Agora lo entiendo menos.
MOSQUITO. Pues ¿qué culpa tengo yo?
D. TELLO. Tú has de apurar mis enojos.
¿Qué dices?
MOSQUITO. ¿Hay tal rigor?
¡Viven los cielos, señor,
que lo vi con estos ojos!
D. TELLO. ¿Qué es lo que viste?
MOSQUITO. Esta historia.
D. TELLO. ¿Qué historia? Que en tu torpeza
no tiene pies ni cabeza.
MOSQUITO. Pues no será pepitoria.
D. TELLO. ¿Sabes tú si él della es dueño,
o tiene empeño?
MOSQUITO. ¿Hay tal? ¿Cómo?
Yo no soy su mayordomo.
¡Qué sé yo si tiene empeño!
D. TELLO. Anda, vete, mentecato,
que eres un simple.
MOSQUITO. [*Aparte.*] Eso quiero.
D. TELLO. ¿Para qué apuro yo dudas
donde me avisa un ejemplo?

2940 *barajar:* «mezclar naipes»; aquí vale mezclar, confundir cosas.

2960 *pepitoria:* «metafóricamente se llama el conjunto de cosas diversas y sin orden» *(Dicc. de Aut.).*

2962 Mosquito finge no entender la pregunta de don Tello y contesta como si éste hablara de los negocios de la condesa.

2967 *apurar:* «examinar atentamente».

No hay honra puesta en mujer
segura de aquestos riesgos.
Y hoy, pues me le da este acaso,
lograr el aviso quiero
casando luego a mis hijas.

D.ª INÉS. Beatriz, aunque yo no entiendo
a Mosquito, el desengaño
he logrado de mis celos,
y en albricias, salgo a hablar
por ti a mi padre.

BEATRIZ. Eso espero.

D.ª INÉS. [*Sale con* BEATRIZ.] Padre y señor.

D. TELLO. Inés mía,
¿quién viene contigo?

D.ª INÉS El ruego
de Beatriz me ha condolido.
Por ella a pedirte vengo
que vuelvas a recibilla.

D. TELLO. Si es tu gusto, ¿cómo puedo
negártelo? Quede en casa.

Sale DON DIEGO *al paño*

D. DIEGO. A decir vengo resuelto
a mi tío que disponga
de mi prima, pues yo tengo
mejor boda en la condesa.

D.ª INÉS. Ya se logró tu deseo.
Agradécelo a mi padre.

BEATRIZ. Los pies mil veces te beso.

D. TELLO. Ya tú quedas recibida,
y yo dello muy contento.

MOSQUITO. [*Aparte.*] ¿Qué es lo que miro?

2969 La idea de que honra, cosa tan frágil, resida en otra cosa débil — la mujer, y por eso corra riesgo de romperse por la menor causa, es muy frecuente en los dramaturgos de la época.

2972 *lograr:* en el sentido de «prestar atención».

[Ay, Jesús,
que hemos dado con los huevos
en la ceniza, Beatriz!

BEATRIZ. ¿Qué es lo que dices?

MOSQUITO. Don Diego
está viendo esta función.

BEATRIZ. Salióse todo el puchero. —

D. TELLO. Inés, ven a prevenirte,
que ya todo está dispuesto,
y os habéis de desposar
luego que venga don Diego. *Vase.*

D.ª INÉS. ¡Ay de mí, Beatriz! ¿Qué dices?

BEATRIZ. Vete, señora, allá dentro,
que estoy en un gran conflicto,
y estriba en él tu remedio.

D.ª INÉS. Sin vida voy a esperarte. *Vase.*

BEATRIZ. ¡Villano, no hagas extremos
viendo mi resolución,
que con amor no hay respetos!
Yo he de ser de su traición
testigo estando aquí dentro,
y aquí he de ver si a mis ojos
se atreve el falso a ofendellos.

MOSQUITO. [*Aparte.*] ¡Jesús, qué bien la ha
[enhebrado! —
Señora, pues ¿tú haces eso?
¿Una mujer de tus prendas
se finge humilde en desprecio
de su honor y se acomoda
por criada de don Tello,
que puede ser tu lacayo?

2995-2996 *dar con los huevos en la ceniza:* «tropezar con una contrariedad inesperada, que estropea el asunto que se tenía entre manos e iba realizándose con felicidad» (cfr. *El lindo don Diego,* ed. de Cortés, págs. 109-110).

3000 *salirse a uno el puchero:* «fallarle su plan, idea o empresa» *(DRAE).*

3010 *hacer extremos:* «hacer demostraciones o expresiones excesivas con algún sujeto» *(Dicc. de Aut.).*

BEATRIZ. El amor dora los yerros.
Yo he de ver con esta industria
si se casa o no don Diego.

D. DIEGO. [*Al paño.*] Señores, ¿qué es lo que
[escucho?
Mil cruces me estoy haciendo.
¡Y dirán que no me alabe!
Un testimonio de aquesto
tengo de enviar a Burgos.

MOSQUITO. Y ¿qué ha de decir don Diego
si esto ve?

BEATRIZ. ¿Qué ha de decir?
El alma, ¡viven los cielos!,
le he de sacar si se casa.
Déjame ya, o mi despecho
dará voces como loca.

D. DIEGO. [*Sale.*] Señora, oíd, deteneos.

MOSQUITO. ¡Ay, señor, pues ha venido,
mira qué locura ha hecho!
¡Témplala, que está hecha un tigre!

BEATRIZ. Y un basilisco, un veneno.
Aquí vengo a ver, ¡traidor!,
si se hace hoy el casamiento.

D. DIEGO. ¿Qué casamiento? Pues yo,
¿no sabéis ya que soy vuestro?

BEATRIZ. No fío de eso, tirano.

D. DIEGO. Pues ¿de qué fiáis?

BEATRIZ. De mi incendio,
que ha de abrasar esta casa
si aquí ofendida me veo.

D. DIEGO. [*Aparte.*] Señores, ¿esto es encanto?
¿Mi talle es pacto secreto? —

3024 *dora los yerros:* juego de palabras sobre *yerro* y *hierro*. Aquí en el sentido de que el amor disculpa acciones poco dignas en una condesa.

3042 *basilisco:* «especie de serpiente que se cría en los desiertos de África. Es fama vulgar que con su vista y resuello mata, por ser eficacísimo su veneno» *(Dicc. de Aut.)*.

3052 *pacto secreto:* con el demonio, para hacer que las mujeres se enamoren de él tan perdidamente.

Señora, pues ¿no advertís
que yo permitir no puedo
esto siendo vuestro esposo?
BEATRIZ. No hay que tratar: yo he de verlo.
D. DIEGO. ¿Qué habéis de ver?
BEATRIZ. Si esta noche
te casas.
D. DIEGO. No temáis eso.
BEATRIZ. No puede un amor que es fino.
D. DIEGO. Pues ¿el lustre?
BEATRIZ. Todo es menos.
D. DIEGO. ¿Y el decoro?
BEATRIZ. No hay decoro.
D. DIEGO. ¡Por Dios, que os volváis!
BEATRIZ. No quiero.

Sale DON TELLO

D. TELLO. ¿Hola? ¿Qué voces son éstas?
MOSQUITO. [*Aparte a* DON DIEGO.]
Señor, por tu honor te ruego
que disimules agora.
BEATRIZ. Señor, el señor don Diego
de mi señora está hablando.
D. TELLO. ¿Qué habláis, sobrino? ¿Qué es esto?
BEATRIZ. Señor, me dice que diga...
D. TELLO. ¿Qué has de decir tú? ¡Esto es [bueno!
Apenas te han recibido
¿y empiezas ya a hacer enredos?
D. DIEGO. [*Aparte a* MOSQUITO.]
¿Y he de sufrir yo que trate
este vejezuelo clueco
a mi mujer deste modo?
MOSQUITO. ¡Disimula, por San Pedro!—
BEATRIZ. Yo, señor, no enredo nada.
D. TELLO. Éntrate, loca, allá dentro.
D. DIEGO. [*Aparte.*] Tú lo eres, y tu alma,

3056 *tratar:* en el sentido de «hablar».
3074 *clueco:* débil, impedido por la vejez.

	y mientes como mal viejo.
MOSQUITO.	Sufre, señor, que te pierdes.—
D. TELLO.	¿No te vas?
BEATRIZ.	Ya te obedezco.
D. DIEGO.	¡Vive Dios! ...
BEATRIZ.	[*Aparte a* D. DIEGO.] ¡Calla, cruel!
D. DIEGO.	¿Qué dices?
BEATRIZ.	Que ahora veremos
	si te casas.
D. DIEGO.	¿Eso dudas?
BEATRIZ.	A oírlo voy.
D. DIEGO.	Yo me huelgo.
BEATRIZ.	Pues aquésta es la ocasión.
D. DIEGO.	Aquí lo verás.—
D. TELLO.	¿Qué es eso?
BEATRIZ.	Hacer lo que me han mandado. *Vase.*
D. TELLO.	Llama a tus señoras luego.
D. DIEGO.	[*Aparte.*] Más señora es ella que ellas,
	lo que va de mí a un cochero.
D. TELLO.	Sobrino, con vuestras cosas
	estoy en tanto desvelo,
	que hasta veros desposado
	yo no he de tener sosiego.
	Todo está ya prevenido,
	y sólo a vos os espero
	por salir deste cuidado.
D. DIEGO.	¿De tanto gusto es ser suegro
	que a serlo os dais tanta priesa?
	¿No es mejor, pues estáis viejo,
	que lo dilatéis un poco
	y os dure el oficio menos?
D. TELLO.	¿Qué es dilatarlo, o por qué?
D. DIEGO.	Por unos días; que aquesto
	no ha de ser cochite hervite;
	que una boda no es buñuelo.

3107 *cochite hervite:* proverbio común para indicar que algo se ha hecho muy de prisa y con poco cuidado (cfr. Covarrubias).

3108 *es buñuelo:* «Frase que se usa para dar a entender a otro que no se puede hacer alguna cosa con la facilidad y presteza que él supone» *(Dicc. de Aut.).*

D. TELLO. ¿Qué días?
D. DIEGO. Cuatro o seis años;
que ello se hará, andando el tiempo.
D. TELLO. ¿Qué llamáis cuatro o seis años?
Ni una hora, ni un momento;
luego os habéis de casar.
D. DIEGO. Pues yo casarme no puedo.
MOSQUITO. [*Aparte.*] Acabóse, esto dio lumbre.
D. TELLO. ¿Qué decís, que no os entiendo?
D. DIEGO. Que no me puedo casar.
¿Lo entendéis agora?
MOSQUITO. Menos.
D. TELLO. ¿Por qué?
D. DIEGO. Porque soy casado.
MOSQUITO. Y yo soy testigo dello.
D. TELLO. ¿Vos casado?
D. DIEGO. *In facie Ecclesiae.*
D. TELLO. Pues ¿con quién?
D. DIEGO. Eso no puedo
decir, porque es un amigo.
D. TELLO. Pues, villano, ¡vive el cielo!,
que en ti he de tomar venganza
de tan osado desprecio.
MOSQUITO. ¡Ay, señores, que se matan!

Salen por una parte D.ª INÉS *y* LEONOR; *por otra,* DON JUAN *y* DON MENDO

D. JUAN. ¿Qué es esto, señor don Tello?
D. MENDO. Tío, ¿qué es esto?
D.ª INÉS. [*Aparte.*] ¡Ay, Leonor,
que mi muerte estoy temiendo!
D.ª LEONOR. Padre, ¿qué enojo os irrita?
D. TELLO. Un agravio de don Diego,
que dice que está casado,

3115 *esto dio lumbre:* el esfuerzo de impedir la boda, por fin está dando resultados.
3116 Por errata, la *Parte diez y ocho* dice: *que no os entiend.*
3121 *In facie Ecclesiae:* término eclesiástico que significa «en los ojos de la Iglesia».

cuando yo darle prevengo
a mi hija por esposa.

D. MENDO. [*Aparte.*] Esto es que tomó el consejo
de doña Inés, y lo excusa
valiéndose deste medio;
mas yo en favor de don Juan
he de enmendar el empeño.—
Tío, aunque don Diego ha dicho
que está casado, no es cierto.
Él, después que vino, supo
que don Juan tenía intento
de pediros a mi prima;
y él ha sido tan discreto,
que lo calló enamorado,
por veros en otro empeño.
Don Diego por él lo deja.

D. DIEGO. No lo dejo tal por eso,
sino porque estoy casado,
digo otra vez, y no puedo;
¿quiere usted que me encorocen?

D. TELLO. Hagáislo o no por aquello. —
Don Juan, ¿es esto verdad?

D. JUAN. Yo, señor, si la merezco,
no aspiro a mayor ventura
que la de ser hijo vuestro.

D. TELLO. Yo me honro mucho con vos,
y el castigo más severo
deste necio es que la pierda.
Dadle a Inés la mano luego.

D. JUAN. Con el alma y con mil vidas.

D.ª INÉS. Con otras tantas le aceto.

D. TELLO. Vos, Mendo, dadla a Leonor.

D.ª LEONOR. Con gozo se la prevengo.

D. DIEGO. Pues ahora verán mi boda,
supuesto que ésas se han hecho.

3153 *encorozar:* poner coroza, tipo de capirote o cucurucho, por castigo. Solía imponerse a los judíos, herejes, bígamos, etc. (cfr. *Dicc. de Aut.*).

MOSQUITO. Antes se ha de ver la mía.
Señor, yo hago lo que veo;
Beatriz se casa conmigo.
D. TELLO. Yo darla el dote prometo;
dila que salga acá afuera.
MOSQUITO. Señor, tened a don Diego,
porque no me descalabre;
que aquí se acaba el enredo.—
¡Ah, Beatriz! Dame esa mano.

Sale [BEATRIZ]

BEATRIZ. Yo, aunque indigna, te la ofrezco.
D. DIEGO. ¡Ah, pícaro! ¿A mi mujer
tienes tal atrevimiento?
D. TELLO. ¿Qué mujer?
D. DIEGO. Esta que veis
es mi mujer.
D. TELLO. ¡Bien, por cierto!
¿Y por aquesta criada
dejáis a mi hija?
D. DIEGO. ¡Esto es bueno!
¿Qué criada? Que es condesa,
y se disfrazó de celos.—
Descubríos ya, señora.
BEATRIZ. Yo descubriros no puedo
más de que soy Beatricilla
y vos *el lindo don Diego.*
D. DIEGO. Pues ¿cómo es esto?
MOSQUITO. Mamola.
D. DIEGO. Villano, ¡viven los cielos...!
MOSQUITO. Aquí no hay a qué apelar;
que no lo sufriera el pueblo.
D. DIEGO. Pídase si quedo mal.

3191 *Mamola:* «*hacer la mamola,* vale engañar a uno con halagos y caricias fingidas, tratándole de bobo» *(Dicc. de Aut.).*

3194 *el pueblo:* se refiere Mosquito al público indicando que la comedia está por terminar.

MOSQUITO. Y castigado este necio
a gusto de los oyentes,
aquí, con aplausos vuestros,
dichosamente el poeta
da fin al *lindo don Diego.*

3198 Era la costumbre de la época que al acabar una comedia uno de los personajes se dirigiera al público anunciando el fin y pidiendo aprobación.

Colección Letras Hispánicas

ÚLTIMOS TÍTULOS PUBLICADOS

528 *Contrapunteo cubano del tabaco y el azúcar*, FERNANDO ORTIZ.
Edición de Enrico Mario Santí.
529 *Desde mi celda*, GUSTAVO ADOLFO BÉCQUER.
Edición de Jesús Rubio Jiménez.
530 *El viaje a ninguna parte*, FERNANDO FERNÁN-GÓMEZ.
Edición de Juan A. Ríos Carratalá (2.ª ed.).
531 *Cantos rodados (Antología poética, 1960-2001)*, JENARO TALENS.
Edición de J. Carlos Fernández Serrato.
532 *Guardados en la sombra*, JOSÉ HIERRO.
Edición de Luce López-Baralt (2.ª ed.).
533 *Señora Ama. La Malquerida*, JACINTO BENAVENTE.
Edición de Virtudes Serrano (2.ª ed.).
534 *Redoble por Rancas*, MANUEL SCORZA.
Edición de Dunia Gras.
535 *La de San Quintín. Electra*, BENITO PÉREZ GALDÓS.
Edición de Luis F. Díaz Larios.
536 *Siempre y nunca*, FRANCISCO PINO.
Edición de Esperanza Ortega.
537 *Cádiz*, BENITO PÉREZ GALDÓS.
Edición de Pilar Esterán.
538 *La gran Semíramis. Elisa Dido*, CRISTÓBAL DE VIRUÉS.
Edición de Alfredo Hermenegildo.
539 *Doña Berta. Cuervo - Superchería*, LEOPOLDO ALAS «CLARÍN».
Edición de Adolfo Sotelo Vázquez (2.ª ed.).
540 *El Cantar de los Cantares de Salomón (Interpretaciones literal y espiritual)*, FRAY LUIS DE LEÓN.
Edición de José María Becerra Hiraldo.
541 *Cancionero*, GÓMEZ MANRIQUE.
Edición de Francisco Vidal González.
542 *Exequias de la lengua castellana*, JUAN PABLO FORNER.
Edición de Marta Cristina Carbonell.
543 *El lenguaje de las fuentes*, GUSTAVO MARTÍN GARZO.
Edición de José Mas.
544 *Eva sin manzana. La señorita. Mi querida señorita. El nido*, JAIME DE ARMIÑAN.
Edición de Catalina Buezo.

545 *Abdul Bashur, soñador de navíos,* Álvaro Mutis.
Edición de Claudio Canaparo.
546 *La familia de León Roch,* Benito Pérez Galdós.
Edición de Íñigo Sánchez Llama.
547 *Cuentos fantásticos modernistas de Hispanoamérica.*
Edición de Dolores Phillipps-López.
548 *Terror y miseria en el primer franquismo,* José Sanchis Sinisterra.
Edición de Milagros Sánchez Arnosi.
549 *Fábulas del tiempo amargo y otros relatos,* María Teresa León.
Edición de Gregorio Torres Nebrera.
550 *Última fe (Antología poética, 1965-1999),* Antonio Martínez Sarrión.
Edición de Ángel L. Prieto de Paula.
551 *Poesía colonial hispanoamericana.*
Edición de Mercedes Serna.
552 *Biografía incompleta. Biografía cotinuada,* Gerardo Diego.
Edición de Francisco Javier Díez de Revenga.
553 *Siete lunas y siete serpientes,* Demetrio Aguilera-Malta.
Edición de Carlos E. Abad.
554 *Antología poética,* Cristóbal de Castillejo.
Edición de Rogelio Reyes Cano.
555 *La incógnita. Realidad,* Benito Pérez Galdós.
Edición de Francisco Caudet.
556 *Ensayos y crónicas,* José Martí.
Edición de José Olivio Jiménez.
557 *Recuento de invenciones,* Antonio Pereira.
Edición de José Carlos González Boixo.
558 *Don Julián,* Juan Goytisolo.
Edición de Linda Gould Levine.
559 *Obra poética completa (1943-2003),* Rafael Morales.
Edición de José Paulino Ayuso.
560 *Beltenebros,* Antonio Muñoz Molina.
Edición de José Payá Beltrán.
561 *Teatro breve entre dos siglos (Antología).*
Edición de Virtudes Serrano.
562 *Las bizarrías de Belisa,* Lope de Vega.
Edición de Enrique García Santo-Tomás.
563 *Memorias de un solterón,* Emilia Pardo Bazán.
Edición de M.ª Ángeles Ayala.
564 *El gesticulador,* Rodolfo Usigli.
Edición de Daniel Meyran.

565 *En la luz respirada,* ANTONIO COLINAS.
Edición de José Enrique Martínez Fernández.
566 *Balún Canán,* ROSARIO CASTELLANOS.
Edición de Dora Sales.
567 *Capítulos que se le olvidaron a Cervantes,* JUAN MONTALVO.
Edición de Ángel Esteban.
568 *Diálogos o Coloquios,* PEDRO MEJÍA.
Edición de Antonio Castro Díaz.
569 *Los premios,* JULIO CORTÁZAR.
Edición de Javier García Méndez.
570 *Antología de cuentos,* JOSÉ JIMÉNEZ LOZANO.
Edición de Amparo Medina-Bocos.
571 *Apuntaciones sueltas de Inglaterra,* LEANDRO FERNÁNDEZ DE MORATÍN.
Edición de Ana Rodríguez Fischer.
572 *Ederra. Cierra bien la puerta,* IGNACIO AMESTOY.
Edición de Eduardo Pérez-Rasilla.
573 *Entremesistas y entremeses barrocos.*
Edición de Celsa Carmen García Valdés.
574 *Antología del Género Chico.*
Edición de Alberto Romero Ferrer.
575 *Antología del cuento español del siglo XVIII.*
Edición de Marieta Cantos Casenave.
576 *La celosa de sí misma,* TIRSO DE MOLINA.
Edición de Gregorio Torres Nebrera.
577 *Numancia destruida,* IGNACIO LÓPEZ DE AYALA.
Edición de Russell P. Shebold.
578 *Cornelia Bororquia o La víctima de la Inquisición,* LUIS GUTIÉRREZ.
Edición de Gérard Dufour.
579 *Mojigangas dramáticas (siglos XVII y XVIII).*
Edición de Catalina Buezo.
580 *La vida difícil,* ANDRÉS CARRANQUE DE RÍOS.
Edición de Blanca Bravo.
581 *El pisito. Novela de amor e inquilinato,* RAFAEL AZCONA.
Edición de Juan A. Ríos Carratalá.
582 *En torno al casticismo,* MIGUEL DE UNAMUNO.
Edición de Jean-Claude Rabaté.
583 *Textos poéticos (1929-2005),* JOSÉ ANTONIO MUÑOZ ROJAS.
Edición de Rafael Ballesteros, Julio Neira y Francisco Ruiz Noguera.

584 *Ubú president o Los últimos días de Pompeya. La increíble historia del Dr. Floit & Mr. Pla. Daaalí,* ALBERT BOADELLA.
Edición de Milagros Sánchez Arnosi (2.ª ed.).
585 *Arte nuevo de hacer comedias,* LOPE DE VEGA.
Edición de Enrique García Santo-Tomás.
586 *Anticípolis,* LUIS DE OTEYZA.
Edición de Beatriz Barrantes Martín.
587 *Cuadros de amor y humor, al fresco,* JOSÉ LUIS ALONSO DE SANTOS.
Edición de Francisco Gutiérrez Carbajo.
588 *Primera parte de Flores de poetas ilustres de España,* PEDRO ESPINOSA.
Edición de Inoria Pepe Sarno y José María Reyes Cano.
589 *Arquitecturas de la memoria,* JOAN MARGARIT.
Edición bilingüe de José Luis Morante.
590 *Cuentos fantásticos en la España del Realismo.*
Edición de Juan Molina Porras.
591 *Bárbara. Casandra. Celia en los infiernos,* BENITO PÉREZ GALDÓS.
Edición de Rosa Amor del Olmo.
592 *La Generación de 1936. Antología poética.*
Edición de Francisco Ruiz Soriano.
593 *Cuentos,* MANUEL GUTIÉRREZ NÁJERA.
Edición de José María Martínez.
594 *Poesía. De sobremesa,* JOSÉ ASUNCIÓN SILVA.
Edición de Remedios Maraix.
595 *El recurso del método,* ALEJO CARPENTIER.
Edición de Salvador Arias.
596 *La Edad de Oro y otros relatos,* JOSÉ MARTÍ.
Edición de Ángel Esteban.
597 *Poesía. 1979-1996,* LUIS ALBERTO DE CUENCA.
Edición de Juan José Lanz.
598 *Narraciones,* GUSTAVO ADOLFO BÉCQUER.
Edición de Pascual Izquierdo.
599 *Artículos literarios en la prensa (1975-2005).*
Edición de Francisco Gutiérrez Carbajo y José Luis Martín Nogales.
600 *El libro de la fiebre,* CARMEN MARTÍN GAITE.
Edición de Maria Vittoria Calvi.
601 *Morriña,* EMILIA PARDO BAZÁN.
Edición de Ermitas Penas Varela.
602 *Antología de prosa lírica,* JUAN RAMÓN JIMÉNEZ.
Edición de M.ª Ángeles Sanz Manzano.

603 *Laurel de Apolo,* Lope de Vega.
Edición de Antonio Careño.
604 *Poesía española [Antologías],* Gerardo Diego.
Edición de José Teruel
605 *Las Casas: el Obispo de Dios (La Audiencia de los Confines. Crónica en tres andanzas),* Miguel Ángel Asturias.
Edición de José María Vallejo García-Hevia.
606 *Teatro completo (La petimetra, Lucrecia, Hormesinda, Guzmán el Bueno),* Nicolás Fernández de Moratín.
Edición de Jesús Pérez Magallón.
607 *Largo noviembre de Madrid. La tierra será un paraíso. Capital de la gloria,* Juan Eduardo Zuñiga.
Edición de Israel Prados.
608 *La Dragontea,* Lope de Vega.
Edición de Antonio Sánchez Jiménez.
609 *Segunda parte de la vida del pícaro Guzmán de Alfarache.*
Edición de David Mañero Lozano.
610 *Episodios nacionales (Quinta serie),* Benito Pérez Galdós.
Edición de Francisco Caudet.
611 *Antología en defensa de la lengua y la literatura españolas (Siglos XVI y XVII),* VV.AA.
Edición de Encarnación García Dini.
612 *El delincuente honrado,* Gaspar Melchor de Jovellanos.
Edición de Russell P. Sebold.
613 *La cuna y la sepultura. Doctrina moral,* Francisco de Quevedo y Villegas.
Edición de Celsa Carmen García Valdés.
614 *La hija de Celestina,* Alonso Jerónimo de Salas Barbadillo.
Edición de Enrique García Santo-Tomás.
615 *Antología rota,* León Felipe.
Edición de Miguel Galindo.

De próxima aparición

Rimas humanas y divinas del licenciado Tomé de Burguillos (1634), Lope de Vega.
Edición de Macarena Cuiñas Gómez.
El mundo alucinante (Una novela de aventuras), Reinaldo Arenas.
Edición de Enrico Mario Santí.